CRÔNICA DE UM TEMPO PANDÊMICO

Francisco Dias Teixeira

KOTTER
EDITORIAL

Coordenação Editorial: Sálvio Nienkötter
Editor-Executivo: Claudecir de Oliveira Rocha
Editor-adjunto: Daniel Osiecki, João Lucas Dusi
Capa: Fernanda Lane
Design editorial: Carlos Garcia Fernandes
Produção: Cristiane Nienkötter
Revisão e preparação de originais: O Autor

Dados Internacionais de Catalogação na Publicação (CIP)
Angelica Ilacqua CRB-8/7057

Teixeira, Francisco Dias
Crônica de um tempo pandêmico / Francisco Dias Teixeira. – Curitiba : Kotter Editorial, 2022.
152 p.

ISSBN 978-65-5361-146-7

1. Crônicas brasileiras 2. COVID-19 (Doença) - Crônicas I. Título

CDD B869.3

22-5204

KOTTER EDITORIAL

Kotter Editorial Ltda.
Rua das Cerejeiras, 194
CEP: 82700-510 - Curitiba - PR
Tel. + 55(41) 3585-5161
www.kotter.com.br | contato@kotter.com.br

Feito o depósito legal
1ª Edição
2022

CRÔNICA DE UM TEMPO PANDÊMICO

Francisco Dias Teixeira

Sumário

QUARENTENA
(20/3/2020)

Hoje faz sete dias que estou de quarentena. Apresso-me a explicar: quarentena voluntária e preventiva.

Cautela talvez desnecessária. Mas já não sou mais criança; e... (leiam o que as autoridades científicas, e também políticas, têm falado sobre a mortalidade causada pela Covid-19 aos não-crianças!).

Sim: sete dias de quarentena – dou-me conta porque foi no último sábado que tive o meu derradeiro (calma!: derradeiro até hoje!) contato-social. Contato social, porque a minha quarentena, por ser preventiva e autoimposta, não me impede de sair sozinho pelas ruas ou estradas vazias; nem ir a supermercado e farmácia, em caso de necessidade – o que não houve.

E onde foi o meu último contato-social? – Numa pizzaria! Justo numa pizzaria, e italiana... Sem ironia! Juro que não pensei em despedir-me por algum tempo de pizzarias. Apenas era sábado, eu queria comer pizza e não gosto de comida-delivery. Só lá é que o verde-e-vermelho me fez lembrar da Itália-nostra, e eu disse comigo: Até!... Mas, tranquilizo-os mais uma vez: o ambiente não era cantina-sul-da-Itália; sentei-me numa mesa isolada e não tive contato físico com os servidores nem comensais.

Mesmo assim, por cautela (ou castigo), impus-me (ainda não se falava disso) a quarentena, que, conforme já dito e pode-se contar, completa sete dias hoje.

Sete dias é um tempo mágico, cabalístico; e suponho que também terapêutico e expiatório. Não me lembro agora, mas sei que já ouvi falar em sete-dias para diversas coisas. Sem contar que a semana tem sete dias! E os pecados-capitais (que não sei mais recitar) eram sete!

Mas também não é por isso que estou falando de minha quarentena hoje. É porque hoje é sexta-feira, e é na sexta que se faz o balanço-da-semana. Pois o meu é este: sete dias de quarentena.

E digo-vos: foi um período, se não prazeroso, satisfatório. Não sei se chegaria assim prazenteiro no quadragésimo dia – que seria a verdadeira e etimológica quarentena. Mas posso dizer-vos que sete dias são facilmente vivíveis dentro de casa/apartamento, ou talvez mesmo num quarto-de-hotel. Não diria num quarto-de-hospital.

Disse que foi um período satisfatório. Sim! Porque foram sete dias sem ir a shopping nem banco nem restaurante-por-quilo; nem a balada, que nunca fui; nem às festas que já não ia.

Foram, pois – e também sem propósito de ironia nem trocadilho – sete dias saudáveis. E mais: tendo dispensado de trabalhar a minha auxiliar doméstica uma-vez-por-semana, tive sete dias de total e plena liberdade domiciliar!

Dito isso, nem preciso dizer que o meu home-work foi mais produtivo (porque já sou um home-worker em situação normal): mais páginas lidas e mais parágrafos escritos por dia!

O ruim era só à noite, quando via o noticiário-da-televisão informando que, lá fora, aumentara o número de casos suspeitos e confirmados de contaminação pelo Coronavírus (que nos veio com a marca Covid-19). E, mais lamentável, o número de mortes na Europa, liderada pela Itália nesta sinistra estatística.

E aquelas ruas e praças desertas, aqueles museus vazios, aqueles monumentos isolados, aquelas estátuas solitárias... Que triste! Que imagens medievais esse Coronavírus nos trouxe...

Mas avante, contemporâneos! Não voltaremos à Idade Média, à realidade medieval. Vamos ficar só com as suas imagens, que até têm a sua beleza.

Mas, por cautela, continuarei, voluntária ou obrigatoriamente, em quarentena preventiva. Até quando e como, não sei.

DA CRÔNICA AO DIÁRIO
(3/4/2020)

Não sei se alguém percebeu, mas venho publicando aqui, às sextas-feiras, um escrito que eu chamo de crônica. Já o fizera há algum tempo, não me lembro mais em que dia da semana, e parei porque precisava dedicar-me mais intensamente a outras escrituras. Afinal, não escrevo em jornal; portanto, ninguém me cobra "a crônica da semana". Esses, sim, é que são cronistas.

Admiro sinceramente, e muito, quem consegue escrever sob cobrança. Já o fiz, por décadas, mas "nos termos e na forma/fôrma da lei". Aí a história é outra...

Voltando à crônica.

O assunto preferencial de uma crônica – todos sabemos – são os fatos, os acontecimentos, os atos cotidianos e locais. Mas, e se, digamos, o indivíduo/cronista está confinado e não pode ver o que ocorre lá fora? E, ainda que o pudesse, não há gentes tropeçando-se nas ruas e praças que lhe sirvam de personagem?

E mais: Se não apenas ele e seus co-munícipes, mas todos os seus patrícios, todo ou quase todo o mundo está recluso?

E ainda mais: Se, por consequência dessa prisão universal, o mundo com as suas fábricas, os seus comércios, os seus transportes e os seus etecéteras está paralisado? – Sobre que fatos, acontecimentos ou atos cotidianos o cronista pode falar?

Agora, imaginemos que essa prisão seja por força de um vírus que se espalhou pelo mundo e causou uma pandemia. Portanto, não é penitenciária, mas é sanitária a prisão; e então não em cadeia, mas em domicílio. Porém, não é exatamente uma prisão-domiciliar, e sim, um distanciamento-social, com direito a "saidinhas" para ir a mercado e farmácia (não a bares, clubes e outros locais recreativos, como se faz, furtivamente, o prisioneiro da prisão domiciliar-penitenciária!). Mas, conforme já dito, o quarteirão está vazio, e nas padarias e drogarias as pessoas estão mudas. Não há para onde nem a quem fugir.

Disse que nesse isolamento sócio-mundial – aqui chamada de quarentena – nada acontece para um cronista escrever. Mas não fui exato. Nem tudo está parado, porque o mundo não pode, não consegue nem sabe parar: na política, os políticos governam e disputam o seu povo; na saúde, da enfermaria ao laboratório, os profissionais trabalham diuturnamente, tentando remediar as gentes e descobrir um veneno para o vírus; na segurança pública, os agentes vigiam tudo e todos; nos serviços de manutenção, abastecimento, assistência, etc., os seus profissionais atendem às necessidades inadiáveis da população, que passa os seus dias e as suas noites dentro de casa, distraindo-se como sabe ou pode.

Aqui entra os meios-de-comunicação... Estes também não podem parar, porque precisam levar à população enclausurada notícias e informações, avisos e comunicações, ordens e recomendações, advertências e orientações, conselhos e determinações, análises e opiniões sobre a pandemia. E também entretenimento. Para isso, funcionam freneticamente: os canais de televisão disputam entre si qual fornece mais notícia, informações, etc; os jornais-impressos, com as suas limitações, a seu modo e à sua forma, fazem o mesmo; as redes-sociais repercutem o que se noticia alhures, e publicam notícias, verdadeiras e/ou falsas.

Quantos fatos, acontecimentos e situações essa pandemia não provoca, que podem ser objeto de uma crônica local ou mesmo mundial?!...

Mas o que um hipotético cronista, em seu distanciamento-social, pode acrescentar a isso, se o seu contato com o mundo-exterior se dá igualmente a todos: pelos meios-de-comunicação?

Talvez, fosse o caso de escrever uma ficção, em tempo real, sob o título A Pandemia. Mas Albert Camus, na década de quarenta do século passado, já escreveu A Peste.

Outra ideia seria escrever sobre o confinamento, não da população de uma pequena Itaguaí, mas de todo um imenso-Brasil, de todo o globo-terrestre; e não por ordem do alienista Dr. Simão Bacamarte, mas por orientação de toda uma comunidade de sanitaristas/infectologista. Mas aí seria um plágio mal disfarçado do inigualável Machado de Assis.

Talvez, o melhor seria escrever um diário-de-quarentena, um diário-pessoal, ou mesmo íntimo. Anna Frank, escondida dos nazistas, escreveu o seu.

Mas diário é coisa para se guardar na gaveta.

REALIDADE FICCIONADA

(10/4/2020)

Ninguém aguentava mais ouvir, mas todos só escutavam e queriam falar a respeito do tal Corona.

O peste circulava invisível pelo globo-terrestre, dissimulado em gotículas suspensas na atmosfera; e então se infiltrava nas pessoas através do ar que todos respiramos. E aí não apenas fazia o seu mal a esse indivíduo contaminado, mas o utilizava como motor-veículo, que lançava o agressor ao próximo que inspirasse o ar que a vítima expirasse: era um vírus o peste, Coronavírus.

Suspeitava-se que ele se alojava em alguém pelos sintomas de sua vítima: febre, falta de ar, fraqueza... – Deve ser o Coronavírus, todos diziam. Então a "vítima suspeita" era submetida a um teste-laboratorial. Quase invariavelmente, a suspeita era provada: doença causada pelo Coronavírus.

Designaram oficialmente a doença, e em linguagem universal, de Covid-19. Dezenove era para diferenciá-la de outras pestes que o Corona já havia causado, com maiores ou menores transtornos, ou mesmo sem serem percebidas; e porque estava no ano 2019 da Era-Cristã. Este novo Corona era diferente de seus antecessores: violento, prometia revirar o mundo e, de um jeito ou de outro, mexer com todos.

Começou-se a contar as pessoas contaminadas pelo Coronavírus, ou doentes de Covid-19.

E o número de "infectados" foi crescendo; a cada dia aumentava mais do que aumentara no dia anterior, numa evolução geométrica. Os estatísticos faziam gráficos da evolução: a linha, que começara caminhando lentamente na horizontal, corria cada vez mais rapidamente na vertical. E isso era apenas uma amostra, porque não era possível "testar" cada indivíduo da população humana. Então, os matemáticos e estatísticos calculavam o número provável de pessoas que estariam e que seriam contaminadas pelo Corona.

Os médicos, os biólogos, os cientistas da vida em geral pesquisavam a natureza do agente-nocivo; identificavam os grupos de pessoas que lhe eram mais vulneráveis, o grau de resistência dos diferentes grupos; estimavam o número de pessoas que morreriam de Covid-19. E calculavam as porcentagens, e colocavam tudo em gráficos, de modo a mostrar aonde provavelmente chegaria o peste, para então, depois de um tempo imprevisível, ele começar a decair/descer, até sumir na horizontal; e assim nós-humanos pudéssemos voltar ao domínio do mundo.

Enquanto isso, eram internados e remediados os doentes-graves vítimas do Corona, pois não havia tempo para se descobrir meio de se prevenir contra ele, ou arma para o abater: era esperar que ele cumprisse o seu ciclo sinistro e passasse.

E ele ia passando, e não terminava de passar. Se a vítima fosse mais forte que o algoz, ele a abandonava; do contrário...

Os idosos, por óbvio, eram os que tinham menos resistência ao Vírus. Estabeleceu-se que a linha temporal de resistência era aos sessenta anos. A partir daí era de se ponderar o risco de o "idoso" ser levado pelo Corona... Mas não só os "idosos": todos aqueles que, por qualquer causa, apresentassem alguma fragilidade em sua saúde haveriam de se proteger/esconder/isolar do Vírus, em sua respectiva casa, saindo dela somente na eventualidade de precisarem de socorro-hospitalar (que mesmo para ir a farmácia comprar remédio, ou a mercado para comprar alimento, outro pessoa, nova, haveria de fazer por eles).

Portando, as pessoas, de um modo geral, somente haveriam de sair de casa para ir a farmácia e supermercado, para si ou para outrem; e, em caso-grave, ao hospital.

A cidade estava de quarentena. O país punha-se de quarentena. O mundo entrava em quarentena. As autoridades mundiais da saúde recomendavam a quarentena.

Mas autoridades político-governamentais divergiam a respeito da quarentena. Uns, com o olhar da Medicina, diziam que era para todos se abrigarem em casa, só dela saindo em caso de estrita-necessidade, pois o importante agora era cuidar da saúde, para poder trabalhar depois: paciência... Outros, com o olhar da Economia, retrucavam argumentando que, sem se produzir, mais gentes morreriam de fome que do Coronavírus, se trabalhando; então, concluíam, que os trabalhadores fossem ao trabalho, ainda que, certamente, alguns morreriam: paciência...

Nesse entremeio, o Vírus ia circulando e se infiltrando em quem o atravessasse por necessidade, imprudência ou desafio. E ia causando estragos onde chegava, até que os médicos, os cientistas, os políticos, o povo em geral, unidos ou desunidos, o driblassem; então ele passava a outra cidade, a outro país, a outro continente.

E assim o Corona percorreu o mundo e cumpriu o seu ciclo macabro, causando maiores ou menores estrados, conforme as condições e circunstâncias dos lugares e das gentes por onde ele passava. E o mundo voltou a ser o que era, mas diferente de como fora antes, porque percebeu-se que muitos de nós não estávamos mais aqui para contar esta história. Tudo a ser ainda avaliado e analisado.

CORONAVÍRUS e INFLUENZA - COMORBIDADE e SEXAGESIMALIDADE
(16/4/2020)

Uma pausa no Corona e falemos do Influenza. Porque o inverno se aproxima, e essa é a sua estação. Certo é que o Corona, igualmente a todos os seres invisíveis que se abrigam em nosso pulmão – dizem os virologistas – o Corona também prefere o inverno. E isso se percebe no fato de ele ter surgido no inverno do Norte e, assim que o nosso verão se recolheu, o outono chegou, a temperatura abaixou e o inverno aproximou-se daqui, o Corona desceu para o Sul, caiu em São Paulo, vai-se alastrando pelo Brasil e conquistando toda a nossa América.

Mas o inverno sempre foi do Influenza.

E aí é que está a questão e o perigo deste inverno: o Corona e o Influenza disputando os nossos pulmões. Sabemos, de outras guerras, o que resulta de semelhante disputa: terra-arrasada...

O Influenza é nosso velho conhecido inimigo; e, por isso, de ordinário, não o tememos. Assedia-nos quase permanentemente, desde não se sabe quando. Mas, conforme dito, prefere invadir-nos no inverno;

nesta estação, é pontual e mais violento. Porém, já conhecemos a sua natureza e as suas fraquezas; temos arma mortal e preventiva contra ele: vacina! Flexível, conforme o são todos os seres invisíveis, ele procura ludibriar-nos, modificando-se permanentemente. Mas disto também já sabemos, e modificamos a nossa arma de defesa, ao tempo e à medida que ele se modifica.

Então os virologistas, os infectologistas, os epidemiologistas, os sanitaristas, que pouco sabem a respeito da natureza e dos hábitos do novato Corona, dizem-nos a estratégia de defesa nesta guerra de duplo inimigo: previnamo-nos do ataque do Influenza com a arma-veneno da vacina, para que, em sendo atacados pelo Corona, melhor possamos combatê-lo e nos remediar!

E igual a seu concorrente Corona, o Influenza é mais violento aos "idosos" – isto é: maiores de sessenta anos – ou àqueles que apresentem alguma fragilidade. Daí que esses fragilizados são os que, preferencialmente, devem se prevenir contra ele.

Pois então segunda-feira última fui me vacinar contra o Influenza. E assim fica dito que sou um sexagenário.

Sexagenário: que palavra grandiloquente! E vazia.

Quando era menino, ela me soava antiga, meio aristocrática, quase nobre; mas sempre respeitável. Hoje, ou nada significa ou simplesmente significa maior-de-sessenta-anos, que dizem ser a melhor-idade, mas alguns insistem em chamar de "idoso". Isto é: "velho".

E há também aqueles que, ao se lhes responder que se tem sessenta e não-sei-quantos anos, dizem: "... Ainda é jovem...". Por vezes, o ar é de saudade, pois o interlocutor já passou dos setenta, ou dos oitenta, ou mesmo dos noventa. Mas também há vezes em que o tom é de consolo, porque o/a amigo/a é que é deveras jovem.

E existem mesmo aqueles/las que continuam, sabem-se e se sentem jovens aos sessenta. E se projetam além dos cem. Portanto, estão no meio e no ápice da vida...

Velho ou novo, idoso ou jovem, sexagenário ou sessentão – não entro nessa polêmica. Simplesmente me previno contra o Influenza. E mais me preveniria se vacina houvesse contra o Corona: seguro morreu de velho... (Com perdão pelo provérbio banal, mas não podia perder a oportunidade de fazer dele um trocadilho).

P. S. 1 – Este malvado Corona deixará uma contribuição a meu pobre vocabulário: Comorbidade. Nunca houvera escrevido ou lido, falado ou escutado essa palavra, que é tão corrente nos dias de hoje. Vou a meu Houaiss, mas não a vejo consignada; procuro-a em meu velho Aurélio, e nele também não a encontro. Consulto o meu Paciornik – Dicionário Médico, e nem ele fala de "comorbidade". Busco-a no google e lá está: Comorbidade – ocorre quando duas ou mais doenças estão etiologicamente relacionadas. Creio que, doravante, esta palavra estará disponível nos dicionários vernaculares a todos nós leigos. Mas prometo não fazer uso dela, senão para me referir a este ano de 2020, quando fomos invadidos pelo Coronavírus.

P.S. 2 – Sexagesimalidade: qualidade do que é sexagesimal.

QUARENTENÁRIO
(22/4/2020)

Ontem completei uma quarentena. Sei, porque me lembro de que foi no dia 14 de março a minha última saída-de-casa por motivo que não de estrita-necessidade. Naquele dia, já distante, não sabia se ou como eu completaria uma quarentena. Era um sábado e fui comer pizza à noite; lá, lembrei-me do Coronavírus, e no domingo já me levantei em quarentena.

Desde então, não fui a outro estabelecimento-comercial senão ao supermercadinho do quarteirão comprar gêneros-alimentícios, e à farmácia da esquina procurar máscara-respiratória e álcool-em-gel (farmácia-e-drogaria: esse estabelecimento que mais pulula em São Paulo; esse comércio que mais fatura nos dias que passam...).

Mas a minha questão é saber como designar o ciclo e a comemoração de uma quarentena.

De imediato, pensei em nossa velha e bela palavra "aniversário". Mas tive dúvida e fui consultar o nosso pai Houaiss. Ele me ensinou: "1. Diz-se de ou dia em que se completa um ou mais anos em que se deu determinado acontecimento [...]. 2. Relativo a ou comemoração do dia de aniversário [...]." E ainda me informou que "aniversário" vem do Latim e deriva da palavra "ano".

O meu caso, porém, é de somente quarenta dias.

Talvez porque antes da Covid-19 a "quarentena" encerrava-se no quadragésimo dia, talvez por isso ainda não tínhamos pensado numa palavra para denominar o seu ciclo e a sua comemoração. Mas agora, ao completar uma quarentena-40 e entrar na segunda, veio-me a questão: Como designar essa efeméride? – Não podendo ser "aniversário", que se refere a ano, atinei-me na palavra "quarentenário". Mas novamente tive dúvida. Uma vez mais consultei o papai Houaiss, e ele me informou que "quarentenário" refere-se a algo que dura quarenta anos (!), ou a alguém submetido a "quarentena", que sou eu: um quarentenário. Mas não quero me designar; quero nominar isso que completei ontem.

Sabe-se que as Línguas, enquanto faladas – dizem os linguistas – são vivas. Portanto, ao longo do tempo, recriam-se, transformam-se, ou modificam o significado de seus vocábulos – tal qual um vírus; mal comparando.

Vejamos: em tempos antigos, "quarentena", durava 40 dias e era o tempo de permanência dos passageiros e da tribulação no respectivo navio atracado ao porto, para se curarem de eventual doença, e então pudessem adentrar a terra de destino, sem risco de contaminar os seus habitantes. Hoje, quarentena (que também se chama isolamento/distanciamento-social, para não se dizer prisão-domiciliar), hoje quarentena é o isolamento de cada um e de todos os humanos em suas respectivas residências, e por prazo indeterminado.

Havemos, pois, de encontrar um vocábulo para designar 1 quarentena-40 dias. Aqui Houaiss não me socorre, e não me vem à mente outra palavra senão "quarentenário". Então, doravante, "quarentenário" tanto significará o ciclo de 40 anos (Houaiss), quanto o ciclo de 40 dias (digo eu). A depender...

Assim são os significados das palavras: a depender...

Portanto, em tempos normais, "quarentenário" refere-se a algo que dura 40 anos, ou a alguém submetido a quarentena (Houaiss). Mas, em tempos de Covid-19, "quarentenário" é o ciclo de 40 dias ou a sua comemoração.

Pois ontem fiz quarentenário: 1 quarentenário! Mas sem comemoração.

E, em verdade, lhes digo: não me foram tão penosos esses quarenta dias de reclusão domiciliar. Pouca necessidade e raro desejo tive de sair. Esta minha reclusão, confesso, é até mesmo prazerosa em certos momentos. O ruim é saber de meus semelhantes sendo molestados por esse Coronavírus, em prisão hospitalar ou domiciliar.

E olhem que estou preso num apartamento.

Agora, imagino-me preso numa casa-grande e avarandada, em meio a uma chácara arborizada; à porta dos fundos, uma piscina-em-L ou curva; mais aos fundos, uma quadra-poliesportiva (que me imagino gostando de praticar-esportes, especialmente o tênis); em toda a terra, um tapete de grama; dentro, uma sala para escritório (onde cuido de meus negócios) e outra para biblioteca (onde dou entrevistas); uma sala para ouvir música, outra para ver filmes e outra só para ver televisão; uma adega com uma boa reserva de vinho de-origem, e cachaça e whisky envelhecidos para tomar com as visitas; e empregados-domésticos, diversos; secretários/as e assessores/as; seguranças e choferes, dois de cada. Perguntar-me-ão: E as viagens ao exterior? – Eu lhes responderei: Já estava cansado delas.

Imaginando-me assim, inicio o meu segundo quarentenário já sem muita pena dos corrupto-milionários em suas respectivas prisões-domiciliares. Mas também sem inveja, porque, conforme disse, esta minha reclusão é até mesmo prazerosa em certos momentos, senão na maior parte do tempo. E a deles é tediosa – são eles que dizem.

FICÇÃO MEIO-CIENTÍFICA
(30/4/2020)

Primeiro de maio de 2120, num MAH (Módulo Aéreo-Habitacional) sobre a região da Av. Paulista:

– Vô, é verdade que antes da Covid-19 não havia PIAR, e todo o mundo andava pelas ruas respirando o ar um do outro?

– É verdade, filh... neto. Mas ainda não é toda a verdade. O Purificador Individual de Ar Respiratório foi inventado muito depois da Covid-19, que estourou no ano de 2020; e não faz nem trinta anos que o PIAR passou a ser obrigatório no solo-terrestre. Naquele tempo usava-se máscara.

– Máscara?! As pessoas usavam máscara para se disfarçarem do Coronavírus?

– Não! Era para bloquear a entrada do vírus pelas vias respiratórias.

– Como assim?!...

– Cobriam-se a boca e o nariz com uma faixa de pano ou outro material poroso, de sorte que, ao se inspirar, o ar-atmosférico passava pelos poros, mas a trama, à semelhança de uma peneira, retinha as gotículas de água em que o vírus se alojava.

– Credo! Mas que coisa estranha, primitiva!...

– E pensar que isso nos representou um progresso higiênico-respiratório... Na China e em alguns outros países asiáticos, mais evoluídos àquela época, e onde havia demasiado gás carbônico no ar atmosférico, naqueles países já havia o hábito de se usar máscara-respiratória antes da Covid-19, mas aqui no Brasil ela só começou a fazer parte de nosso hábito, e de modo muito lento e irregular, a partir do ano 2020, com a Pandemia.

– O senhor chegou a usar máscara-respiratória?

– Sim, quando ainda criança.

– Ah, eu já vi uma fotografia antiga sua, de criança, com uma máscara no rosto. Mas pensei que fosse de brincadeira. Então era para se proteger do tal Coronavírus?

– Não só dele, mas dos vírus em geral, e também da poluição atmosférica.

– O senhor é do tempo do Coronavírus, quero dizer, da Covid-19?

– Não!!! A Covid-19 surgiu em 2019 e estourou em 2020. Eu nasci no ano de 2040!

– E eu vi também uma fotografia muito, muito antiga, de uma criança brincando na terra (!), num parque da Avenida Paulista; e uma mulher olhando, sem PIAR nem nada...

– Sim, é muito antiga aquela fotografia: data de 1997! A criança é o meu pai, o seu bisavô, e a mulher é a minha avó, sua trisavó.

– E as pessoas não se contaminavam?

– Frequentemente. E é por isso que se adotou o uso da máscara-respiratória. Mas, conforme eu disse, demorou para que ela se tornasse um hábito geral: usava-se apenas quando surgia uma epidemia. Quando esta passava, as pessoas iam tirando a máscara...

– E o PIAR, quando começou a ser usado?

– Só no ano de 2072; mas o seu uso se tornou obrigatório apenas em 2096.

– E foi inventado por um brasileiro...

– Há polêmica. Além do Brasil, quinze outros países atribuíram-se a invenção: China e Estados Unidos, Índia e Japão, Coreia do Sul e Rússia, Itália e França, Inglaterra e Alemanha, Israel e Arábia Saudita, Irã e Paquistão, e a Argentina...

– Mas eu sequer tinha ouvido falar nalguns desses países...

– ... Porque estamos falando do século passado. No início deste século, o XXII, a divisão político-geográfica do Globo-Terrestre foi muito alterada. Poucos daqueles países subsistem hoje: Estados Unidos e

China, Brasil e Argentina... Mas já vou saindo do campo da Ciência e entrando noutro, muito longo e complexo: o da Geopolítica. E as luzes já se acenderam: é hora de eu descer ao solo.

– Vô, quando é que o senhor vai deixar de trabalhar fisicamente?

– Ainda não pensei nisso. Tenho apenas oitenta anos e me sinto jovem, com muita saúde e energia física. Tchau!

– Vô, mas hoje é primeiro de maio: não se trabalha fisicamente.

– Verdade! Já ia me esquecendo. Talvez esteja mesmo na hora de eu começar a pensar em aposentadoria...

RELEITURA

(8/5/2020)

Não costumo falar enquanto estou lendo: gosto de ler mudo e solitariamente. Mas, porque sei que isto é um defeito e quero me consertar, digo-lhes, mesmo sem ser perguntado: estou lendo Os Miseráveis. Melhor diria “confesso-lhes”, porque este é um livro que não mais se lê. Ou porque já foi ou porque passou o momento de ser.

Pois eu me via diante de ambos os bloqueios: achava que já tinha lido e julgava não ser mais época de ler ficção romântico-oitocentista. Eu, que me encontro em débito com os modernistas e seus pós, e boio no mar da contemporaneidade, tentando fisgar uma ou outra amostra de sua prolífica produção.

E, afinal, para os efeitos estatístico-culturais, eu já li Os Miseráveis... Há algumas décadas. Era dos chamados livro-de-bolso. Porém, aquele, mesmo em edição econômica, sem introdução nem advertência, biografia nem bibliografia, rodapé nem apêndice; em letra miúda e margem estreita – aquele Os Miseráveis era um tijolinho que não cabia em nenhuma algibeira. E a encadernação precária desmanchava-se a cada folha lida.

Imaginem, pois, quão sofrível foi a minha leitura d’Os Miseráveis!

Mas não era esse o maior sofrimento.

Os tempos eram-me de muitos afazeres e preocupares. Li-o sonolentamente, aos pequenos goles e intermitentemente. Ao longo de talvez um ano...

Muitos-anos-depois, comprei Os Miseráveis na garbosa edição da hoje já falecida CosacNaify. Este sim: um tijolaço que honra qualquer estante! Talvez, simplesmente queria tê-lo ao lado daquele pobre e grande livreco que ainda tenho em minha prateleira.

Mas agora, em tempo de pandemia, diminuídos os afazeres e modificados os preocupares, em circunstâncias de quarentena, desistido da pretensão de pôr-me em dia com as escolas ou tendências ou modas literárias – achei que o momento era propício para re-ler coisas passadas. E, sentado numa cadeira-poltrona, livre para olhar para um lado ou outro, com o dia inteiro pela frente, voltei a'Os Miseráveis.

Ainda estou longe de seu fim. Mas já percebo que aquela leitura foi ainda mais sofrível, no duplo sentido, do que eu imaginava.

Em companhia de Jean Valjean, estou viajando por aquela França, mergulhando naquela Paris, misturando-me àquelas gentes do século XIX – e nem ouço uns gritos esparsos vindos do prédio a meu lado, que não sei se é briga ou algazarra, devido ao confinamento pela Covid-XX-19.

Por vezes, o cidadão Victor Hugo rompe o seu véu de narrador, e é ele, em pessoa, que me leva a passear por sua Paris, fazendo remissão àquela dos séculos XVIII, XVII, XVI, XV, da Idade Média... Mas, ainda assim, tudo é ficção, ou porque não se pode confiar nesse cidadão-autor-narrador, ou porque a sua verdade já caducou e caiu no limbo da Arte. O certo é que, nesses passeios, encontro preciosidades e desfruto prazeres que me escaparam naquela primeira leitura.

E as diversas notas de rodapé do tradutor! Estas, sim, tenho-as por verdadeiras e fidedignas. E muito cultas!

Vejam esta, a de número 250: "Em Cister, deserto próximo a Dijon, foram fundados vários conventos, entre os quais o de Claraval, cujo primeiro Abade foi São Bernardo (1091-1153), Doutor da Igreja e reformador da ordem Beneditina. [...]".

Então se criou a Ordem das Irmãs Bernardas Beneditinas.

E volto ao narrador Victor Hugo, que adentra comigo um convento da ordem Beneditina, e me fala das práticas, dos hábitos e dos preceitos das irmãs bernardas beneditinas. Rezar a cada hora – era uma de suas práticas; vestir um roupão de lã, que lhes causava febre no verão e levou à morte alguma delas – era um de seus hábitos; nunca tomar banho nem escovar os dentes, não olhar para homem jamais – eram uns de seus preceitos.

São Bernardo! – Abade, Doutor, Santo e guia da Ordem das Irmãs Bernardas Beneditinas!

E eu que vinha pensando em São Bernardo apenas como um município do ABC, da região metropolitana de São Paulo, onde se fabrica automóvel e houve uma Greve-dos-Metalúrgicos, etc., etc., etc. – O resto é história... Quanta história, meu Deus!...

Viva a Literatura!

Bendita quarentena!

Salve a releitura!

VIVENDO A HISTÓRIA
(15/5/2020)

Nem todos os humanos que passam por este hospitaleiro planeta têm a experiência de viver um seu "maior acontecimento dos últimos cem anos". Seja natural, seja social, tais como: o cometa Halley passado por nossa vizinhança (a última vez foi em 1986, e voltará somente em 2061); o vulcão Vesúvio derramando suas larvas sobre a Itália (a vez mais famosa ocorreu em 79 e destruiu Pompeia; a mais recente data de 1944 e causou muitos danos a Nápoles e transtornos às Forças Aliadas); uma guerra mundial (que já foram duas e esperemos não se repetir); uma pandemia global...

Pois esta, a pandemia, nós contemporâneos estamos vendo e sentido "a maior dos últimos cem anos".

É o que se escuta dos especialistas.

É o que fala a nossa memória.

É o que diz a História.

Ainda ontem (quero dizer: ano passado) ouvíamos os nossos pais falando dos horrores da "Gripe Espanhola", com base no que tinham ouvido de seus pais ou avós, que viveram naquela época e sobreviveram ao influenzavírus-H1N1 que, entre 1918 a 1920, matou uma boa fração da humanidade.

Se houver – e certamente há – algum ancião ouvindo falar deste Coronavírus, vendo esta Covid-19 e que viveu aquela epidemia, certamente o nosso centenário era muito criança, senão bebê, e a sua memória da "Gripe" estará meio ou totalmente apagada. Pois então todos/as que estamos aqui sabemos da "Gripe Espanhola" somente por ler ou ouvir dizer.

Qual uma criança que escuta os mais velhos contar história de um passado distante, que se vai diluindo no tempo e se transformando em estória de bruxa ou de lobisomem, ouvíamos falar de gentes morrendo pelas ruas e sendo recolhidas pelo "serviço público" e enterradas aos montes, nos idos de 1918-1920... Isso nos parecia tão distante de nossos dias, que quase se confundia com a Idade Média. E pensávamos que jamais presenciaríamos cenas parecidas, pois, afinal, o progresso da Ciência, o avanço da Medicina, a descoberta da vacina...

E, no entanto, estamos vendo e vivendo e sofrendo coisa semelhante...

Certo é que aprendemos algo com a "Gripe Espanhola", e acumulamos muitos aprendizados ao longo do último século. Talvez seja devido a isso que este Novo Coronavírus não chegará aos limites que o terrível Influenzavírus-H1N1 chegou. Se, há um século, aquela Gripe matou dezenas de milhão de pessoas pelo mundo, imaginem quantas centenas de milhão o Coronavírus não abateria hoje, considerando-se o aumento da população e a sua aglomeração nas cidades atualmente!...

Mas ainda não descobrimos uma arma preventiva a quaisquer vírus que a natureza venha produzir; e possivelmente estaremos sempre sujeitos a que um "novo vírus" mate algum de nós, até nos imunizarmos contra ele.

Não obstante, creio – mesmo duvidando... – na ciência; consequentemente, no "progresso". Ou, noutra palavra, na "humanidade". Então, arrisco dizer que sairemos com algum saldo positivo – científico e cultural – desta pandemia.

Mas o "progresso" é muito lento e heterogêneo, e sujeito a desvios em sua marcha, que implicam verdadeiros retrocessos, ainda que por caminho diverso do já trilhado. E se não bastasse os reveses culturais, a Natureza cria-nos novos e por vezes imprevistos obstáculos...

Disso decorre que a experiência desta pandemia não implicará um salto irreversível para um mundo nem para um ser-humano melhores. Talvez nos tornará um pouquinho melhorados nalguns poucos aspectos: nos cuidados higiênicos, no investimento na saúde e, oxalá, na empatia e solidariedade ao sofrimento alheio-próximo.

Mas isso, que poderá ser um tanto forte de início, muito provavelmente irá diluindo-se no tempo, até se transformar num rarefeito substrato que – espero! – se incorpore à nossa denominada Civilização ou Cultura, heterogênea e intermitentemente...

É a isso que se pode chamar de "progresso". Progresso sinuoso, que jamais chegará a um termo...

Mas percebo que estou flutuando no oceano da Filosofia. E pior: futurologicamente.

Volto à crônica do dia.

...

São Paulo, a cidade barulhenta e que não-pode-parar, está movimentando-se lentamente, espasmodicamente. De um oitavo andar, ouço-a quase bucólica: escuto o piar de pardais nos fios da rede elétrica; escuto crianças brincando no terraço do prédio ao lado; escuto conversas na rua, que não sei se é briga ou bizarria; escuto um alto-falante anunciado "Pamonhas, pamonhas, pamonhas! Pamonhas quentinhas e deliciosas!"; escuto um carro descendo a rua Pamplona e freando no semáforo; escuto um helicóptero pousando no alto de um prédio residencial (!); escuto um bate-estaca na Av. Nove de Julho, cavando-lhe mais um edifício. Só ainda não escutei as "manifestações" frente a FIESP e sob o Vão-Livre do MASP, que estão impedidas pelo Coronavírus.

Isso pode não ser um "maior fato dos últimos cem anos", mas é uma experiência rara em São Paulo!

NOITE DE QUARENTENA
(22/5/2020)

Estamos descobrindo inúmeras possibilidades de se aproveitar um dia de quarentena. Arrumar gavetas, limpar cantos aonde normalmente não chega a faxina, organizar álbum (para quem ainda "revela" fotografia) – são algumas das mais óbvias; pintar, bordar, cozinhar (quero dizer: "fazer-prato") – são das mais artísticas; produzir-se como se fosse a um baile, e se olhar no espelho para se sentir bonita/o – é a mais autoestimulante; escrever crônica – não sei exatamente para que serve.

Já nem falo da Internet com as suas várias possibilidades de comunicação e entretenimento; da televisão com os seus noticiários e programas diversos; da tal Netflix e seus seriados de que ouço falar; do próprio telefone, fixo ou móvel, que não serve apenas para telemarketing, mas também para se falar com amigos e parentes. Dessas não falo porque são óbvios demais.

E acho que acabo de descobrir a mais útil, senão necessária: reforçar o alinhavado de botões que estejam presos por uns poucos fios, e ajustar as casas que se alargaram e não mais os seguram. Porque, passada a quarentena, será hora de se abotoar.

De tal sorte que um quarentenário (cf. Houaiss, "que ou o que foi submetido a quarentena") um quarentenário sempre pode encontrar um trabalho, um entretenimento, uma atividade qualquer útil e/ou prazerosa para fazer ao longo do dia, que, aliás, tem me parecido curto para tantos afazeres.

Porém, à noite ou à madrugada – quero dizer, quando se vai para a cama –, nessa hora, tenha-se estado solto ou recluso durante o dia, são apenas duas as possibilidades: o sono ou a insônia.

O sono vem ao quarentenário durante o dia, convidando-o ao sofá, mas este o ludibria, resiste e espaventa, pensando que assim ele voltará com mais força à noite. Aí é que o sono não vem.

Levanto a hipótese de que o sono se recusa a vir à noite porque o quarentenário pouco exercitou o seu corpo durante o dia. Assim, quando se recolhe à cama, não estará suficientemente cansado para ser facilmente abatido pelo sono. É uma hipótese, e leiga, que me ocorre agora. O certo é que, à noite, o quarentenário perde o sono e se põe a pensar. Porque, se a mente não sonha nem pensa, aí é a morte...

O indivíduo que teve uma, digamos, vida social ao longo do dia, à noite, perdido o sono, ele fica a pensar nesses universos e nessas vivências diurnas: o trabalho, a festa, o boteco, a simples rua e suas diversidades.

Mas o indivíduo que permaneceu o dia dentro de casa, arrumando gavetas, limpando cantos, organizando álbum, pintando, bordando, cozinhando, olhando-se no espelho, pregando botão – que assunto a mente do quarentenário terá à noite para se ocupar, em caso de insônia, senão com o próprio umbigo?

E se o corpo parado pouco pensamento exige da mente, e se o sono não vem para fazer a mente sonhar – a mente insone, como que se liberta do corpo, põe-se a pensar por si e aceleradamente... Aí é que tem propriedade o ditado segundo o qual a mente é uma usina de...

Pensa por si, mas sobre o quarentenário: seu passado, seu presente e seu eventual futuro...

Não me refiro à hipótese, muito citada, de o sono não vir ao indivíduo à noite como castigo por seus malfeitos durante o dia; e então a mente se põe a remoer os malfeitos, na vã tentativa de expurgá-los. Não! Não entro nesse departamento, pois o desconheço: é assunto para especialista, da Psicologia ou da Moral.

Falo do quarentenário que não praticou malfeito de que se remorsiar. Os seus feitos ao longo do dia foram mesmo inocentes, conforme se viu acima; inocentes, porém magníficos, enquanto realizando. Mas, à falta do sono, à noite eles, que já eram miúdos, são remoídos pela mente; e se transformam numa fumaça perturbadora.

Ou ainda pior: a mente do quarentenário insone põe-se a fabricar pensamentos sobre as mais improváveis coisas, neste mundo e no além. São pensamentos sem objeto nem objetivo específicos: pensamentos autônomos, soltos...

De tal forma, que a hora mais ociosa da quarentena e, portanto, mais longa, não é o dia; é a noite. Mas isto também é somente uma hipótese.

CRONICONTO: ENSAIO DE UMA FICÇÃO
(29/5/2020)

Não tinha um ano que ele se mudara de uma casa-térrea para o vigésimo primeiro andar de um prédio. Ainda estava se acostumando a morar em apartamento, quanto o prédio foi-se-lhe transformando num tronco seco de árvore gigante, e os apartamentos, em toca; e ele começou a se sentir um bicho.

Sabia, do tempo em que mudara para ali, que os apartamentos comunicavam-se internamente. Mas ele, igualmente a todos os moradores, nunca usara essa passagem, e jamais encontrara um condômino dentro do prédio. Somente no elevador é que, vez por outra e por acaso, encontrava alguém. Então, o cumprimentava com um bom-dia/boa-tarde/boa-noite. Às vezes, arriscava um diálogo banal, mas o outro não correspondia; e logo eles se separavam: ou entrando em seus respectivos apartamentos ou saindo do elevador e se dispersando na rua.

Isso, até dois meses atrás. Foi quando começou ouvir notícia da doença virótica. O vírus teria surgido na China, migrado para a Itália, e se espalhava pela Europa, onde já se contava aos milhares o número de mortes pela doença. Não demorou a se constatar que o vírus chegara ao Brasil e aqui se alastrava, passando-se de uma pessoa a outra por meio da respiração. Até prova em contrário, todos eram suspeitos de estarem contaminados pelo vírus; mas não era possível submeter todos à prova do vírus. Então, por cautela, todos deveriam evitar-se reciprocamente.

A isso se deu o nome de afastamento-social, e a palavra-de-ordem era: "Fique em casa!".

Então ele se distanciou da sociedade e se fechou no apartamento. E se isolou. Apenas saía de sua casa-apartamento para comprar alimento, e também máscara-respiratória e álcool-em-gel, que estes produtos tornaram-se de primeira-necessidade, para se proteger ou limpar-se de possível contaminação quando daquelas saídas para comprar alimento, máscara-respiratória e álcool-em-gel...

Saía, pois, devidamente equipado contra o vírus: uma máscara-respiratória na face e uma bisnaga de álcool-em-gel no bolso.

E com as devidas cautelas. A primeira era observar previamente, através do olho-mágico da porta, se a vizinha de andar não estava no saguão esperando o elevador. – Não: a vizinha sumira do prédio assim que se noticiou que o vírus chegara ao Brasil. A segunda era quando via sinal de aproximação do elevador: observar se ele já vinha trazendo algum condômino, pois aí esperaria que o elevador voltasse sozinho, que a ordem era "apenas uma pessoa no elevador". – Também não: o elevador sempre descia ou subia vazio para levá-lo ao térreo. A terceira cautela era ao sair do elevador para o exterior do prédio: observar se não havia alguém na plataforma, esperando o ascensor para ir a seu apartamento, porque, se houvesse, nesse cruzar-se, ele precisava fazer uma manobra para não se aproximar a menos de dois metros do condômino, porque, se o distanciamento-social era absoluto, o interpessoal era de ao menos dois metros. Mas há dois meses que ele não encontrava ninguém chegando da rua ao prédio.

Só via, e sempre, um funcionário na guarita do prédio, também devidamente mascarado, que apertava o botão de abrir-fechar o portão de entrada-saída. Agora era somente a essa pessoa que ele dizia bom-dia/boa-tarde/boa-noite. E o diálogo era este: – "Tudo bem por aqui?". – "Por enquanto...".

O saguão do prédio, mesmo deserto, já lhe parecia um universo muito devassado e perigoso.

Por isso, ultimamente, ele preferia sair pela garagem, no subsolo, pois aí era ainda menor a possibilidade de entestar-se com um condômino, porque ninguém mais saía de carro, a trabalho ou a passeio. Mas aí também ele encontrava um funcionário do condomínio, de máscara ao rosto, passando um pano embebido de álcool na porta do elevador, no carrinho-de-supermercado e em quaisquer lugares onde alguém pudesse tocar a mão, e assim poderia estar contaminado pelo vírus. Era a esse que agora ele dizia bom-dia/boa-tarde/boa-noite. Mas o diálogo era generoso: – "Tudo bem com você? Não tem notícia de ninguém com o vírus por aqui, não?". – "Tudo! Com as graças de Deus! Por enquanto, não! Vamos rezar para que assim continue...". – "É isso aí!...".

E então ele saía do subsolo e se lançava na rua sentindo-se um tatu saindo do buraco (ainda que jamais tivesse visto um tatu saindo de seu buraco): um misto de medo e desconfiança, da escuridão da noite ou da luz do dia – qual um bicho ao lançar-se de seu buraco à floresta.

...

Há quase um ano que ele saíra pela última vez daquele tronco de árvore seco: para mudar-se dali. A essa época, a pandemia já havia passado, e São Paulo começava restabelecer a sua selvageria urbana. Em verdade, o prédio já não mais lhe parecia um tronco de árvore seca, mas florescente: pessoas entrando nele ou dele saindo, ou circulando em sua área térrea; e até já se falavam, mesmo que ainda mascarados. Mas ele houvera decidido mudar-se dali tão logo fosse possível e permitido.

Não para a casa-térrea, que fora vendida para comprar o apartamento; e também porque ele se acostumara ao isolamento-social; e agora, morando-se na cidade, a vida social seria inevitável. Queria morar no mato.

Então, com o dinheiro obtido na venda do apartamento, comprou um pedaço de terra em matagal, com uma casa ao rés-do-chão, numa área remota do interior. E só muito raramente ele ia à cidadezinha mais próxima: para comprar algum alimento que não obtinha da terra.

Foi ali que, certa noite de lua-cheia, ele viu um tatu saindo de um buraco no matagal e se perdendo no terreiro e entrando pela porta da casa, que, conforme visto, era ao rés-do-chão.

"Deve estar procurando alimento" – pensou.

E então, agora, quando ele ia à cidadezinha comprar alimento, sentia-se um tatu saído do buraco.

QUANDO ME VI PRESO
(12/6/2020)

Tranquilizo-vos!: Durou apenas oito horas, foi prisão-domiciliar e por força-maior: falta de energia, energia elétrica.

Depois de quase três meses em quarentena, ou, como preferem as autoridades científicas e/ou políticas, em distanciamento/isolamento-social, já adaptado à rotina solitária, vi-me como que preso na cela de uma torre, qual um condenado medieval. Disso não gostei.

Foi aí que eu me senti, de fato, distanciado socialmente, isolado do mundo, físico e virtual!

Assim aconteceu:

O zelador avisara pelo interfone, com antecedência de três dias, que na segunda-feira faltaria "luz" por ao menos oito horas, a partir da manhã, que eu supus começasse às oito. Aproveitariam a imobilidade condominial imposta pelo novo Coronavírus – esclareceu ele – para realizar uns serviços nas instalações elétricas.

Então começaram-me três dias de indesejada espera pela segunda-feira, quando minha geladeira deixaria de refrigerar os alimentos do quarentenário que estou. Resistiriam por oito horas? – Era a minha única preocupação, já que a paralização do elevador não me afetaria, pois um quarentenário não sai à rua senão para comprar alimento, o que eu não precisaria, e remédio, de que eu não necessito. De qualquer forma, há uma escada que não serve apenas para ser varrida e lavada, mas também para se subir ao prédio e dele descer.

Aprendi em criança que segunda-feira é dia de "matar boi" logo cedo, o que, em minhas circunstâncias atuais, significa ligar o computador. Nessa segunda-feira, porém, eu tinha mais o que fazer "logo cedo":

passar para a memória virtual umas ideias que eu andara arquitetando durante a noite.

Fui correndo ao computador, antes que me desligassem a energia. Mas não terminara de digitalizar a primeira palavra... pfiiiuuu... A tela escureceu-se.

Muitos já terão experimentado esse fracasso, essa frustração, pois aí sentimos que a melhor ideia que até então já tivéramos evaporar-se-á de nossa cabeça antes de ser registrada para a posteridade. E, não podendo fazer aquilo a que nos predispuséramos, nada mais nos anima à ação. É o que senti.

Mas a leitura sempre é uma saída desses vazios, porque, além de útil e/ou prazerosa, é uma boa forma para se embarcar para as nuvens.

Sento-me em minha cadeira-de-leitura, aciono o interruptor e constato, mais uma vez, que me falta energia, elétrica. É impossível ler neste canto sem iluminação. E, sob luz de lamparina ou de vela, eu não mais hei de ler.

O jeito é mal-me-acomodar no sofá e ler à luz de um raio de sol que entra pela janela, até que horas do dia – nunca observei.

E já são duas horas de leitura incômoda. Penso em ir ao computador; mas me atino de que dele saí exatamente porque não há energia. Lembro-me do notebook que nunca utilizo; e constato que a sua bateria está zerada.

Bom, é hora do celular: ver as novas postagens dos amigos, as mensagens no whatsapp e no Messenger; telefonar, talvez. Pego o aparelho na cadeira ao lado; a sua tela se ilumina a meu contato, e vejo que, sim, há novidades. Mas, antes de acessá-las, a tela se apaga: a energia da bateria também acabou. E eu me condeno por não ter completado a sua carga ontem à noite.

Resta-me o telefone-fixo na cantoneira, que eu nunca utilizo: serve para, ao menos, eu comunicar a alguém que estou virtualmente incomunicável. Mas vejo que a sua luzinha vermelha está apagada: ele também depende de energia elétrica para funcionar, e, pela terceira vez, lembro-me de que falta energia no prédio.

O rádio, boa companhia em viagem ao volante, também serve de acalanto nessas horas. Se eu tivesse o meu rádio-de-pilha, talvez o sintonizasse na Cultura: Mas só tenho um elétrico; e, uma vez mais, constato que me falta energia.

Nem assistir à televisão, o que nunca faço durante o dia, posso fazer agora.

O jeito é voltar à leitura, enquanto há uma réstia de sol entrando pela janela.

Leio até que tudo se me escurece e as luzes se acendem.

E então me lembrei de história de pessoas que, em liberdade, jamais leem um livro, mas, durante uns poucos anos de prisão, leem toda uma biblioteca.

Há os que, entre uma leitura e outra, escrevem cartas; várias por dia.

Eu escrevi esta crônica. À mão.

PASSEIOS PELO PASSADO

(19/6/2020)

Disse alhures (esta palavra ainda está viva?) que o passado é sempre encantador. E encantado, pois só podemos experienciá-lo ficticiamente. Se ele nos deixou registros vulgares, fantasiamo-los; se nos deixou belos registros, tornamo-los ainda mais belos; se os registros deixados são tenebrosos, sublimamo-los e eles se tornam belos e deleitosos. Refiro-me ao passado remoto, que o recente pode ainda insistir em nos repercutir com a sua realidade nem sempre bela...

Se eu morasse numa Atenas, numa Jerusalém, numa Roma, o meu hobby seria ir aos lugares onde os seus sábios e heróis, santos ou malditos, estiveram, e cismar que eles estavam agora ali comigo: nesse mundo de sonho, todos seriam sublimes, eu conciliaria a todos e todos seríamos amigos...

Mas, aproximando-me dos dias de hoje e de minha provável história, chego a Portugal: Évora-Lisboa-Batalha-Coimbra-Porto-Guimarães.

Certa vez, estive por lá. Cada monumento que eu visitava, em qualquer lugar que pisava, por toda aquela paisagem que eu percorria, sentia o vulto de um ancestral: Neste lugar, há trezentos, quinhentos anos poderá ter estado um Dias, um Teixeira, que, por ignorados caminhos, chegou ao Brasil e resultou no "eu" que agora aqui estou...

Se eu fosse/for à África, viajando por Angola, Moçambique, Guiné... sentir(ia/ei) um vulto ancestral reencarnando no "eu" que agora ali retornava...

Mas, ficando aqui mesmo em meu Brasil familiar: Se vou a Ouro Preto, imagino um fantasma ascendente cavoucando aqueles vales, batendo naqueles córregos, garimpando ouro em cascalho...

Ou, seguindo um pouco ao norte, imagino o índio de quem nasci, pescando no Rio Doce, caçando em suas margens, quando tudo aquilo era mata virgem... (em "Marcas e Vestígios – Restos de Universos que me Foram", eu narro essas memórias imaginárias).

E chego a São Paulo. Por suas ruas antigas, por suas avenidas modernas que um dia foram estrada, vejo um paulista fantasma que, três séculos atrás, se embrenhou pelo mato, à procura de ouro, para me fazer nascer mineiro. E agora, imigrante na terra de origem, cisma encontrar na metrópole a Vila de Piratininga que, há séculos, deixou.

Então pulo à São Paulo que começa a se transformar na cidade onde hoje habito: Fim do século XIX.

E vou à Cinemateca Nacional! – uma antiguidade de 1887, cercada por prédios moderníssimos. Isso é o máximo!

Para quem ainda não esteve lá, esclareço que a Cinemateca Nacional fica nas confluências do bairro Vila Mariana e Ibirapuera, mais precisamente, na Vila Clementino. E ocupa o prédio onde outrora se instalava o matadouro da cidade de São Paulo, que ali funcionou de 1887 a 1927.

Depois de idas e vindas da cinegrafia brasileira, que não vem ao caso narrar aqui, em 1992, aquilo que fora construído para abate de gado bovino, passou a abrigar a cinemateca nacional.

Quase nada terá sido modificado na bela fachada externa da construção: três galpões que parecem uma fábrica inglesa; e, em seu interior, ainda se vê os compartimentos onde o gado era encurralado, confinado e conduzido ao abate...

Como eu gostava de estar ali, naqueles dias em que retornara há pouco da modernista e árida Brasília, para me deleitar com aquela antiguidade de há um século!... Enquanto tomava o meu cafezinho, antes de assistir ao filme-de-arte que se exibia ali, eu ficcionava aquele lugar há cento e tantos anos: o gado chegando pela estrada da hoje Avenida Paulista, descendo por caminho que hoje é rua da Vila Mariana, e chegando ali para ser abatido, onde agora aquelas gentes bacanas, vestindo-se de retrô, se reuniam para assistir a um filme cult...

Mas esse tempo também já é passado. Nestes dias de hoje, em que o coronavírus nos ameaça, há mais de três meses que não tomo um cafezinho, no cinema ou no boteco.

E agora, de meu isolamento-social, fico sabendo que a atriz Regina Duarte foi nomeada presidente (ou presidenta?) da Fundação Cinemateca Nacional; portanto, é de se supor que a ex-namoradinha-do-Brasil ande por aquela repartição.

E mais ainda fico sabendo: a nossa ex-namoradinha mora ali por perto, e este seria um dos motivos de ela trocar a titularidade do quase-ministério de toda a nossa Cultura pela diretoria de uma simples cinemateca.

Ainda que não fosse a conveniência de poder ir a pé ao trabalho, eu também trocaria um ministério por aquela cinemateca: só para ficar ali cismado que era um boi. Desde que não fosse conduzido ao abatedouro...*

*Enquanto escrevo esta crônica, fico sabendo que a atriz Regina Duarte já foi exonerada da presidência da Cinemateca Nacional. A nossa política é tão móvel que nem mesmo uma crônica pode acompanhá-la sem nota de rodapé.

CRÔNICA DO TEMPO
(3/7/2020)

Ando pensando no tempo.

O Tempo (sim, com "t" maiúsculo) é um fenômeno invisível e intocável, imperceptível por qualquer de nossos sentidos. Mas o concebemos pelo cérebro, lógica ou psicologicamente.

Digo "fenômeno", mas não sei se é exatamente esta a palavra para se referir ao Tempo: é muito delicado falar dessas "coisas" invisíveis.

O Tempo é objeto (objeto?!) de cálculo pelos físicos, de especulação pelos filósofos, e de... crença por todos nós. Sim: ninguém constata empiricamente a sua existência, mas sabemos/acreditamos que ele existe...

Os físicos-cosmólogos dizem que o Tempo e o Espaço (ou seja, o Universo, popularmente "conhecido" por Mundo) teve origem num tal Big Bang; e preveem o fim do Espaço/Tempo – Universo:Mundo numa espécie de Nada. Já os filósofos especulam sobre um Além, enquanto os teólogos acreditam n'Ele, e vão além do Além... – Meu Deus!...

Mas, porém, contudo, todavia, senão, aliás, no entanto...

Eu, que não sou físico nem filósofo nem teólogo, sei que o tempo existe; e conto-o em segundo, minuto, dia, ano... Contar o tempo é uma forma que os humanos inventamos para "apreendê-lo", mentalmente.

E, às vezes, sirvo-me da Filosofia, que é uma sabedoria de que todos nos servimos, para pensar no Tempo.

Pois, nesta quarentena, eu ando pensando/filosofando sobre o tempo.

Fique claro, porém, que não pretendo descobrir a essência do Tempo – trabalho de Filósofo profissional. Mas, tão somente, refletir sobre o pouquinho de tempo que me é dado experimentar/viver. E isso já é um abismo...

Tudo (eu disse tudo!) que experimentamos é uma faísca perdida no curto-espaço de Tempo em que vivemos... A nossa própria existência é uma faísca nesse espaço-de-tempo em que, concomitantemente, sucede uma infinidade de outros eventos...

É nessa faísca-de-tempo/vida que temos todas as nossas inúmeras experiências, que, por sua vez, são faíscas temporais...

Desçamos, pois, à concretude da vida: o trabalho e o ócio, a ação e a contemplação, o prazer e o sofrimento são experiências temporais, pois delimitadas/determinadas pelo tempo. Há quem diz que só sentimos uma dor devido a seus limites e/ou suas oscilações temporais: se houvesse (ou houver) uma "dor" permanente e inalterada ao longo de toda a nossa existência, nós não "sentiríamos/sentimos" essa dor, porque não teríamos a experiência de viver sem a dor, e, portando, não saberíamos o que é viver sem ela...

Não podemos, pois, nos livrar do tempo. Conforme não podemos fugir do espaço. Meu Deus!...

E chego ao assunto do dia: a "quarentena" em que estamos. Questão de tempo!

A quarentena impõe-nos o "sentimento do tempo". Bom ou ruim – depende de cada pessoa e suas circunstâncias.

Sei que há pessoas cansadas de sua quarentena, sentindo o seu tempo/dia longo e pesado; uma duração e um peso que, em suas rotinas normais, não sentiam. É que – suponho – as variadas atividades distraíam-nos da "passagem" e do "peso" do tempo. Mas, agora, o tempo livre desaba-se com todo o peso de cada átimo...

Vejam, pois, que a medida do tempo é também uma questão subjetiva. Cada um tem o seu tempo, e o vive e o "sente" a seu modo. Para uns, ele demora a passar; para outros ele passa rápido. Se o indivíduo vive num ócio indesejado, o seu tempo se estica e se torna enfadonho, pesado. Se o indivíduo vive numa ação forçada, o seu tempo também se estica e se torna sofrível, pesado.

É nas brechas da ação e do ócio combinados que o tempo se nos escapa imperceptivelmente; ou até flui prazerosamente.

De minha parte, não tenho sentido o tempo passar nestes dias de quarentena: Levanto-me de manhã e, quando vejo, o dia já se foi. Mas isso nem sempre é bom.

Às vezes, porém, acho que esta quarentena já está se alongando muito. No entanto, se ela acabar hoje, eu não terei feito tudo a que me propus fazer durante este confinamento, e amanhã ela me terá sido um curto espaço de tempo...

Aliás, mesmo antes da quarentena, o meu tempo (os meus dias e os meus anos) andavam passando muito rápido... Mas isso é outra questão.

Tempo, tempo, tempo...

UM CAFEZINHO
(24/7/2020)

Já ia para cinco meses que ele não tomava um-cafezinho. Não que se abstivesse de tomar café. Tomava. Tomava café-da-manhã, ao que ele se habituou agora. E tomava religiosamente, conforme são todos os hábitos matinais. Religiosamente, pois, ele fazia e tomava o seu café-da-manhã; não aquele breakfast de hotel; mas um café-com-pão, pão-de-forma, com margarina, óbvio.

O que ele não tomava já há quase cinco meses é um-cafezinho, aquele meia-xícara servido em cafeteria, restaurante e bar, e num pires com um sachê de açúcar e uma pazinha de matéria-plástica; xícara e pires de louça barata e metida. Havia também o café dos bares-botecos populares, servido em copo-de-vidro. Copo sem alça, cheirando a leite, que o repugnava; café morno, escorrido da torneira da máquina-de-fazer-café. Mas desse café ele já não tomava há muitos anos, e não tinha saudade. Aliás, tinha. Mas uma saudade de coisa que ele queria ver no passado. Já o cafezinho, ele queria agora.

Um-cafezinho/meia-xícara/dois-goles, por seis reais.

Antes da Pandemia, ele tomava, em média, um-cafezinho duas vezes ao dia. Muito raramente ficava sem tomar um; e havia dia de tomar quatro. Se almoçava em restaurante, um-cafezinho era essencial ao arremate do almoço. Se ia à livraria, nem sempre comprava livro, mas, invariavelmente, tomava um-cafezinho. Se encontrava com um amigo na Av. Paulista, e não estavam atrasados para algum compromisso, terminavam a conversa tomando um-cafezinho numa cafeteria qualquer. Se ia ao banco, aproveitava para tomar um-cafezinho. Se ia ao shopping, ainda que nada comprasse, ao menos tomava um-cafezinho. Se ia ao cinema, tomava um-cafezinho antes e um depois. Sem contar aqueles que ele saía exclusivamente para tomar, na cafeteria "24 horas". Assim, em média, tomava dois cafezinhos diários.

Tanto que, certa feita, um amigo lhe fez este questionamento, a propósito do preço, valor e utilidade das mercadorias: Já imaginou quantos pãezinhos-franceses pode-se comprar com o que se gasta com um-cafezinho? E prosseguiu o amigo economista: Já imaginou o quê de valoroso você poderia comprar ao fim de dez anos, abstendo-se do cafezinho? Ao que ele retirou do bolso o celular, calculou e respondeu: 7.200 cafezinhos!...

Mas agora, por medo do Coronavírus, ele não saía de casa, e já fazia quase cinco meses que não tomava um-cafezinho; portanto, já teria economizado quase uns trezentos. Mas ele queria apenas tomar um-cafezinho.

Um-cafezinho à tarde, na cafeteria. Pois o que ele tomava ultimamente era café, café-da-manhã, em casa, numa xícara-caneco de louça com alça, mas sem pires. Café que ele mesmo coava em coador de papel, numa rotina matinal, qual a de escovar-os-dentes. Há quase cinco meses.

Aquele distanciamento-social pouco o incomodava. Não sentia falta de festas, que ele não frequentava; de bailes de qualquer espécie, que ele não sabia nenhum passo de dança; de praia, a que ele muito raramente e preguiçosamente ia; de viajar, que ele nunca viajava mais que uma vez ao ano; nem mesmo de almoço/jantar em restaurante ele sentia falta. Do que ele sentia falta era de um-cafezinho.

E necessidade! Porque, de remédio ele não precisava; e os supermercados continuavam abertos para a venda/compra de gêneros alimentícios. Porém, as cafeterias, os restaurantes, os bares, os botecos – todo o comércio-alimentício de mesa e balcão estava fechado; sequer podia tomar um-cafezinho barato na lanchonete do supermercado.

É certo que aquela rotina matinal de fazer café-da-manhã, aquela xícara-caneco de café à sua moda e ao seu gosto, e barato, aquilo já lhe era prazeroso; mas não substituía o prazer do ritual de tomar um-cafezinho meia-xícara/dois-goles, por R$ 6.00, numa cafeteria, etc., etc., etc.

...

Agora a pandemia já ia se "estabilizando"; as pessoas começavam a perder o medo do Coronavírus. Os shoppings, as cafeterias, os restaurantes, os bares, os botecos, as lanchonetes começavam a abrir as suas portas. Já se podia tomar um-cafezinho/maia-xícara/dois-goles por... R$ 7,00, talvez. Mas agora ele já se acostumara a passar o dia somente com um café-da-manha caseiro. Não tinha pressa em tomar o seu primeiro cafezinho pós-pandemia, que haveria de ser solene.

Então ele decidiu: só vou tomar um-cafezinho quando anunciarem que o Coronavírus foi derrotado! Sairei à rua, irei às cafeterias, aos bares e botecos para comemorar a vitória com um-cafezinho, a qualquer preço.

E este será o meu grito de vitória: UM-CAFEZINHO!

CITY TOUR TENEBROSO

(28/8/2020)

Já que é perigoso ir a cinema e teatro e concerto, a museu e templo, a restaurante e bar e boteco, a baile e balada e show, a feira e exposição, a shopping e clube e parque-de-diversão, porque são lugares onde se pode ser infectado pelo Novo Coronavírus; já que não é prudente andar a pé pelas ruas, que há perigo de se trombar com algum pedestre sem máscara, ou encontrar amigos/as que queiram me dar um abraço, e me transmitam o Coronavírus – aproveito o meu isolamento-social para circular de carro por aí.

Mas com os vidros fechados; não para me proteger do vírus, e sim... (é duro dizer!), dos humanos.

Pois circulo em lugares onde, dizem, andam gentes perigosas. Mas, ou por sorte ou por alguma lei natural que desconheço, sou dos habitantes desta cidade que menos já foram assaltados; e nunca mediante violência física; somente psicológica: ameaça. Uma ameaça que mais parecia blefe: não vi a arma que ele/a disse possuir, e poderia ser usada contra mim: paguei para não ver. Da última vez, custou-me somente R$ 180,00 e quebrados – tudo o que eu tinha. Isso, porém, ainda antes do Novo Coronavírus.

De sorte que, nestes tempos de pandemia, mascarado dentro do carro de vidro fechado, tenho circulado por todos os cantos desta temida metrópole, sentindo-me relativamente (tudo é relativo...) protegido do vírus e dos assaltantes, que não os vejo, mas sei que existem, vírus e assaltantes.

Vou ao Largo da Concórdia, contorno a Praça da Sé e a João Mendes, a Praça da República e o Largo do Arouche; trafego pelas avenidas Tiradentes, Ipiranga, Duque de Caxias, Rio Branco e São João; paro nos semáforos – e me deparo com os seus limpadores-de-para-brisa; os seus vendedores de pano-de-prato, biscoito, bala e doces diversos, pipa, balão, aviãozinho e carrinho; os seus mágicos, malabares, palhaços e homens/mulheres-estátua; os seus pedintes de todas as carências; os seus moradores-de-rua. Geralmente, não preciso da mercadoria ou do serviço que eles me oferecem à venda. A alguns, dou a contribuição, o cachê, o auxílio ou a esmola, conforme pedido – pela fresta do vidro. Por vezes, e ainda pela fresta, trocamos palavras, e elas me transmitem um fio de segurança. Então abro mais o vidro, e se estabelece uma conversa; ouço história-de--vida – tudo em longos trinta segundos. O semáforo abre-me e ele/a volta para o seu ponto na calçada, rogando a Deus que me pague/ajude/proteja/acompanhe/guie/abençoe. Quando eu apenas quereria salvar-me...

Mas ainda não disse a parte mais tenebrosa do tour: Região da Cracolândia. Não me julguem temerário, que ali eu circulo sempre de vidro lacrado. Adentro o miolo da Cracolândia: ruas Aurora e Vitória, General Osório e Conselheiro Nébias, Guaianases e Timbiras.

Não sei se estão me acompanhando neste city tour, nem mesmo sei se conhecem essas quebradas. Mas não importa. Pensem nos lugares mais decaídos ("decaídos"; não "decadentes") da cidade onde moram ou que conheçam. É aí que estou.

São umas das partes de São Paulo mais decaídas (elas são muitas; cada bairro tem a sua!), por onde subvive multidão de pessoas vulneradas e excluídas, marginais e indigentes. E eventuais delinquentes. Mas isso não é de hoje nem de ontem. Este meu álbum de imagens mentais tem quase dez anos: vem do ano de 2011.

E chega à data de ontem. Aqui termina o meu city tour. Creio que as mais recentes imagens ainda não receberam as tintas da pandemia...

Agora, à noite/madrugada, no abrigo de minha residência, no conforto de minha cama, penso naqueles lugares por onde andei, e tenho medo só de me lembrar de que estive lá. Imagino toda aquela multidão como andarilhos suspeitos. Temo que aqueles que aparentavam frágeis pudessem ser farsantes, agora em sua real condição de meliante-assaltante. E me protejo com o cobertor...

Mas talvez tudo isso seja visões minhas, imagens pintadas em minha mente com pincel literário. Afinal, não sou repórter; sou apenas um cidadão-habitante, que gosta de se fazer de turista nesta cidade tenebrosa. E também maravilhosa, a seu estilo.

DIÁRIO
(2/10/2020)

Ainda leio diário, quero dizer, jornal. Mas não tomando o café-da-manhã, conforme é glamoroso, pois, sinceramente, não consigo fazer bem essas duas coisas concomitantemente. Primeiro, tomo café; depois, leio jornal.

E leio jornal não para me informar sobre os fatos que aconteceram ontem longe de meus olhos, porque disso eu soube ao longo do dia, pela Internet; e, à noite, vi e ouvi exaustivamente na televisão. Leio jornal porque: primeiro, gosto de ler; segundo, tenho vício de ler jornal; terceiro, quero saber o que o pessoal da imprensa-escrita acha do que aconteceu ontem no Brasil e no mundo. Não só eles, mas também os intelectuais e os especialistas de todos os saberes que escrevem em jornal.

Certo é que, à noite, pela televisão, soube a opinião de muitos deles, que também falam na tv, a respeito dos acontecimentos de ontem e de sempre. Mas a palavra-escrita ainda é a verdade história.

Não só tenho o vício de ler jornal, como tenho a mania de ler o jornal inteiro, salvo, obviamente, o caderno de esportes e, atualmente, o de "empregos".

Conforme disse, não leio jornal para saber notícia, mas para saber opinião: dos especialistas, dos intelectuais, dos professores-universitários, dos entendidos sobre este mundo em que estamos vivendo. Então, leio editoriais, artigos, ensaios, entrevistas. E resenhas de livros. Livros sobre as mais diferentes matérias: de Física Quântica e Biologia Molecular a MPB e Cinema. Especialmente, Literatura. Há quem goste de ler orelha-de-livro, de pé na livraria. Eu não. Eu gosto de ler é resenha, e em casa sentado.

Um bom resenhista consegue fazer o mais leigo dos humanos entender alguma coisa sobre um livro de Física Quântica. E até de Economia, que é a coisa mais difícil de se entender.

Acho que o jornal nasceu para falar de Política, mas, de há muito, aprendeu a falar economês. Política e Economia: eis as matérias-primas do jornal – no que entram a Sociologia e a Ciência da Política, e até mesmo a Psicologia e a Filosofia. As declarações e opiniões, os diagnósticos e prognósticos, as análises de contexto e de conjuntura dos entendidos a respeito dessas matérias são vitais à vida (sim: vitais à vida!) do cidadão leigo.

Nos dias de hoje, com o Coronavírus e consequente pandemia Covid-19, a Medicina/Saúde ganhou espaço, e até caderno, nos jornais. Sua leitura é, literalmente, vital.

Voltando à Política–Economia.

A Política e a Economia são duas locomotivas articuladas, mas cada uma tem o seu próprio motor. Dizem que é a Economia que puxa a Política; mas acho que, às vezes, acontece o contrário. Ambas são voláteis, mas a Política é mais; e, com um sopro, pode mudar o rumo da Economia.

Agora temos eleições presidenciais nos Estados Unidos, e para prefeito e vereadores no Brasil, que, provavelmente, estão forçando as respectivas Economias para o trilho da Política.

A Economia insiste em dizer que o seu caminho é o certo, e é infalível a sua engrenagem: oferta e demanda, emprego e desemprego, queda e aumento do PIB, déficit e superávit público, gastos correntes e com investimentos, oscilação da moeda e da Bolsa de Valores...

Queda/aumento da renda per capita e do consumo-das-famílias...

O que eu não entendi é porque a renda mede-se "*per capita*"; já o consumo, "*per familia*". Certamente haverá explicação para isso, que um aluno do primeiro ano de Economia saiba. Talvez a questão seja polêmica; talvez haja tratados e teses sobre o assunto. Mas eu, leigo, não sou aluno de Economia, e então não entendo por que o consumo se mede familiarmente, quando a Sociologia aponta que, cada vez mais, as pessoas vivem – e portando, consomem – sós?

Vou em frente.

E termino a leitura do diário, e dou-me conta de que estou desinformado do que tenha ocorrido no Brasil e no mundo, quantas pessoas foram mortas pelo Coronavírus nestas últimas duas horas, enquanto eu lia o jornal.

Volto à Internet.

DROGARIA

(16/10/2020)

Só esta semana concluí uma pesquisa que há muito vinha fazendo: Quantas farmácias e/ou drogarias existem na Rua Pamplona, entre a Avenida Paulista e a Rua Estados Unidos? – Dez, contei. E todas datam de antes do Coronavírus.

Dez, repito. Sem contar as que certamente existem dentro do Shopping Jardim Pamplona. Dez farmácias/drogarias em dez quarteirões, também segundo a minha contagem, que não incluiu entradas de vielas e pequenas travessas.

Daí, e a julgar que a Rua Pamplona é uma amostragem da cidade de São Paulo, é só contar no mapa quantos quarteirões existem nesta cidade, para se chegar à conclusão-estatística de quantas farmácias existem aqui. Sem precisar ir a órgãos públicos.

É muita drogaria!

E quantas padarias existem nesse mesmo trecho de rua? – Nenhuma! Dez drogarias e nenhuma padaria. Padaria que se preza e eu considero: onde se fabrica pão, e não brioche ou croissant francês.

Desconfio que estejamos bebendo muito remédio e comendo pouco pão. Suspeita a ser investigada, científica e policialmente. Sim: porque aí pode estar não apenas um fato de relevância médica, mas também criminal: estão nos desabituando de comer pão e estimulando a tomar remédio.

Não ignoro que em farmácias e drogarias vendem-se/compram-se também sabonete, desodorante e batom; produtos para limpeza, higiene e embelezamento; e até chocolate. Mas suponho que o grosso de seu comércio ainda sejam os fármacos, mediante ou sem receita-médica. E aqui é que pode estar um caso-de-polícia: a venda de droga sem prescrição médica. Mas isto é somente uma hipótese, que sequer chega a ser uma suspeita.

Ando por esse padeço há algumas décadas, e tenho acompanhado a sua re/in/e/volução nesses anos. Vi padarias fecharem-se. A última, na esquina da José Maria Lisboa, era tradicional. Exibia, orgulhosamente, uma plaqueta na parede externa: "Desde 1929". Eu, que nasci bem depois e distante desse local, enquanto tomava um cafezinho em seu balcão, ficava imaginando: Por onde andavam os meus jovens avós e os meus pais crianças naquele tempo em que um "Seu Manoel" assava aqui os seus primeiros pãezinhos franceses?... Por quantos caminhos o meu genoma não andou nesse quase um século, e o dele permaneceu aqui; agora, no caixa-guarita à porta...

Mas não só uma padaria de 1929 havia de histórico naquela esquina. Ali, na calçada, encontrava-se um patrimônio ainda mais antigo e valioso. Era um engraxate, já muito idoso e de uma assiduidade infalível em seu ponto.

Qual todo bom engraxate, ele gostava de contar casos, enquanto lustrava os sapados olhado para os pés do freguês. Contou-me que ali trabalhava desde menino-pequeno, antes de ser instalada a padaria. Havia uma cocheira naquele local, onde se alimentavam os equinos que puxavam carroças por aquelas chácaras que hoje são "Jardins". Mas – explicou-me ele – já havia bonde elétrico, e uma linha descia pela Pamplona, indo parar em seu ponto-final lá pelos lados da Avenida Santo Amaro... Saudades – não sei se maiores as dele, que vivera aquele tempo, ou as minhas por não o ter vivido...

Mas há uns talvez quinze anos, estando eu temporariamente afastado de São Paulo, ao retornar, fui informado de que o Seu... (perdoe-me por não ter guardado o seu nome), que o meu amigo engraxate falecera. Na região periférica do bairro de Santo Amaro, onde nascera e sempre vivera.

Bem recentemente (mas antes do Coronavírus), a padaria fechou-se! Em seu lugar, sabem o que se instalou? – Uma "casa de carnes", da Swift. Ironia do destino da Rua Pamplona... Se ao menos fosse um açougue...

E agora, ao contar as farmácias, vi que se fechou também o restaurante português da Rua Pamplona, talvez dos mais típicos de São Paulo, e onde se comia o melhor bacalhau à Gomes de Sá, segundo me afiançara um amigo português. Este, o restaurante, provavelmente tenha-se fechado por causa do Coronavírus. "Alugo" – li na porta-cerrada do imóvel.

Restam e prosperam as farmácias e drogarias na Rua Pamplona. E, possivelmente, mais prosperarão com o Coronavírus.

Não entendo do assunto, e nada tenho contra os fabricantes e comerciantes de remédio, mas acho que esse "ramo da economia" anda meio inflacionado, superaquecido... Sei que há agência para regular isso. Mas temo que um excesso de oferta induza-nos a consumo exagerado de fármacos. De há muito já se entrega remédio em domicílio; ultimamente, vende-se em sítio virtual. E ainda assim não se vê farmácia-e-drogaria cerrar suas partas, que, aliás, ficam abertas vinte e quatro horas por dia/noite.

Se eu fosse publicitário e me encomendassem um slogan sobre o assunto, criaria este: "Mais pão e menos remédio!".

DISPUTA HISTÓRICA
(6/11/2020)

Já que não posso ver senão os poucos fatos que acontecem em minha presença, vejo a reportagem sobre aqueles que acontecem à minha distância.

Porém, mais que a reportagem, gosto de ver/ouvir/ler as versões e os comentários dos fatos, especialmente os políticos. Não somente daqueles que não presenciei, mas, sobretudo, dos que vi: para saber como foram vistos pelos meus semelhantes.

Aliás, há quem diz que o que realmente importa é a versão do fato; outros, filósofos, vão além: não temos acesso ao "fato em si"; portanto, todo o nosso conhecimento é uma espécie de versão... Se isso é "verdade" nas ciências da natureza, na ciência política é a pura Verdade. Sendo assim, ao cidadão importa conhecer as diversas versões dos fatos políticos.

Jornalista é quem anda atrás dos fatos. Desde os da última hora até os do último século. Os anteriores já têm as suas versões bem sedimentadas, e não podem ser redesenhados com o pincel do jornalismo, mas somente com as ferramentas da História, que também gosto de ler. Mas, se o jornalismo é parcial no desenhar os fatos (só à distância pode-se ver algo em sua totalidade), a História é seletiva no preservá-los (escolhe aqueles que merecem ser preservados, e o lugar que devem ocupar).

Porém, existem fatos passados – digamos, no último século – que já estão na História, e, ao mesmo tempo, são revolvidos pela própria História e escarafunchados pelo jornalismo. Isto porque ainda estão vivas as suas testemunhas presenciais ou de ouvir dizer, em primeira ou segunda mão. Então, ainda podemos sentir os seus odores, os seus ecos, as suas sombras.

É o caso da Primeira e da Segunda guerras mundiais, da Revolução Soviética e da Guerra Fria, da nossa República-Velha e do nosso Estado-Novo, do "68" francês e do nosso "64", do rock inglês e da nossa Bossa-Nova... – tudo ainda se remexe e exala odores em aromas diversos e em diferentes intensidades. Até que destile todos os seus humores e esfrie. O que restar se consolidará e será emoldurado pela História.

Mas, conforme disse, os fatos já sedimentados ainda podem ser, e geralmente são, revolvidos pela própria História. Aqueles que já se cristalizaram exigem trabalho arqueológico para serem moídos e novamente reconstituídos. Não é impossível que surja um historiador prometendo mostrar-nos uma nova imagem da Civilização Egípcia, Grega, Romana ou Hebraica. Para não falar das Chinesa e Indu.

No extremo oposto, estão os fatos relativos a cada pessoa. Estes se cristalizam na respectiva memória, só podem ser revolvidos pelo pensamento do próprio indivíduo, e, geralmente, aí morrem...

Mas o título acima sugere falar de eleições. E, se não estou falando, é nelas que estou pensando.

Vejo candidatos pedindo o meu voto ao argumento de que esta será uma "disputa histórica"; vejo analistas-políticos dizendo o mesmo em nome da Ciência. Eu, que não sou candidato nem cientista, digo: toda eleição é uma disputa histórica. E todo candidato, de vereador/fiscal de quarteirão a presidente de qualquer república, disputa, além do cargo e seus proveitos, disputa um lugar-na-História.

Neste mês temos nos USA o Trump e o Biden disputando a Presidência daquela américa, e também um lugar-na-História. Aqui no Brasil tempos algumas centenas de milhares de cidadãos disputando publicamente um cargo de prefeito ou vereador, mas, intimamente, também disputam um nichozinho na galeria da História. E, no mundo inteiro, está o Coronavírus disputando com os cientistas a nossa saúde e a nossa vida.

O que, quem ficará na História? – É o que eu me pergunto, ao calor dos fatos. Somente a própria História dirá, mas arrisco prever que, mesmo derrotado pelos cientistas, o Coronavírus ficará na História. No porão e ao lado do vírus da Gripe Espanhola.

CRONICONTO: METACRÔNICA ou ANTECRÔNICA (13/11/2020)

Pensou em escrever uma crônica, mas que não fosse política;
então que falasse da rua, mas estava preso em casa.
Faria uma crônica da vida, mas não tinha nada de novo;
então seria memórias, mas tudo lhe estava esquecido.

Poderia fazer um diário, mas os dias lhe eram vazios;
então escreveu um conto, mas falou dos fatos do dia.
Decidiu que era uma crônica, mas parecia que era mentira;
então intitulou-a de conto, mas tudo era verdade.

Começou inventando uma história, mas acabou contando a verdade;
então decidiu falar a verdade, mas ao fim inventou uma história.
Resolveu transformá-la em romance, mas a história só dava um conto;
então decidiu pelo conto, mas o conto virou um romance.

Queria que fosse epopeia, mas não tinha um herói à altura;
então transformou-a em romance, mas nele só havia bandido.
Seria policial o romance, mas ninguém era culpado;
então seria romântico, mas também não havia inocente.

Imaginou escrever uma fábula, mas não tinha lição-de-moral;
então não era uma fábula, mas uma história qualquer.
Daria uma boa novela, mas os bichos não sabiam atuar;
então melhor seria um filme, mas os atores queriam novela.

Teve um insight poético, mas não lhe acudiram os versos;
então seria em prosa o poema, mas a poesia foi-se embora.
Transformou em versos a prosa, mas eram pobres as rimas;
então faria um panfleto, mas lhe faltava palavra-de-ordem.

O jeito era escrever uma tese, mas a hipótese era absurda;
então transformou-a em ficção, mas esta se fez realidade.
Pesquisou para escrever um ensaio, mas chegou a conclusões categóricas;
Faria do ensaio um tratado, mas não foi além de um esboço;
então reduziu-o a um artigo, mas resultou num artigo prolixo.

Finalmente, concluiu o seu drama, mas achou que estava risível;
então transformou-o em comédia, mas com um conteúdo dramático
Disseram-lhe que parecia tragédia, mas não se via o desfecho;
então era a crônica diária, mas eram trágicos os dias.

Eram tempos de pandemia!

ESPECTROATOR ou ATORESPECTRO (20/11/2020)

Estou aqui sentado numa cadeira de arame farpado, que fura a minha pele dura e fere a minha carne magra e machuca os meus ossos frágeis. Mas estou confortável, pois tenho o Machado (de Assis) de um lado, o Guimarães (Rosas) do outro, o Dostoievsky atrás e, à frente, o Shakespeare. Eles me elevam do assento incômodo e me fazem flutuar, de modo que não sinto o peso de meu corpo sobre ele próprio. E assim me protegem das farpas.

Não são meus padrinhos: são meus padroeiros, cuja diferença prescinde de explicitação. Poderia ter outros, estrangeiros e nacionais. Dentre os nossos, lembro-me do Graciliano (Ramos) e vem-me à mente a Clarisse (Lispector). Mas, por questão de espaço, só posso ter quatro. E o Graciliano anda um pouco ausente, enquanto a Clarisse, ao contrário, é muito requisitada e anda por todas as partes. Fico, pois, com aqueles quatro espectros, suficientes a qualquer ser-humano.

Estou no canto do palco, oculto numa prega da cortina. Já se viu que a quadrilha (se fossem três, seriam uma trindade) me protege fisicamente. Mas também me alimenta o espírito. E, não menos importante: permite-me ver tudo o que se passa nos bastidores, no palco e na plateia deste universo teatral. Porque eles são oniscientes, e formam uma lente multirreflexa que tudo capta, e me permite ler o que eles veem. Às vezes, se trocam de posição para melhor me posicionar a uma cena, ou enquadrá-la a mim.

Através deles, eu vejo e escuto tudo: os cochichos e as brigas nos bastidores, as cantigas e os diálogos no palco, os aplausos e as vaias na plateia; os risos, os suspiros, os choros e os gemidos por todas as partes. Ora sintonizo-me num, ora noutro fantasma, e assim vou lendo o universo teatral.

No momento, estou sintonizado no Machado, e vejo o que ele acha do Trump e do Biden, do Bolsonaro e do Lula, do Boris Johnson e do Emmanuel Macron, do Vladimir Putin e do Xi Jinping, que agora estão encenando os seus papéis. Mas ele me diz que está pensando é em ficção, e me remete às suas obras. Relativamente ao Coronavírus, ele também tem opinião, mas me sugere consultar os cientistas (o Machado é muito prudente).

Movo a lente para ver as opiniães (é assim que ele diz) do Guimarões (é assim que eu o chamo), que é médico, sobre vírus. Mas ele, que também é diplomata, diplomaticamente me diz que não se considera autoridade em virologia; e se enverada a falar de jagunço, o que ele bem conhece. Nisso, o médico Rosas se assemelha ao burocrata (no sentido etimológico, e não pejorativo. – Que chato ter de interromper o que se está falando para explicar uma palavra!) ao burocrata Machado. Suas diferenças se dão naquilo em que ambos são peritos: na Literatura.

Volto os meus olhos para trás, e aí está o Dostoievsky. De olhos fechados! Diz-me que não se interessa pelas vestes e máscaras, nem mesmo pelos atos dos atores; não vê os seus corpos, mas as suas almas; são elas que ele está analisando. E as descreve para mim. Mas não me autorizou revelar nada além do que ele já revelou em seus livros. Sugere-me reler Humilhados e Ofendidos, Memórias do Subterrâneo, O Idiota, e, mais uma vez, Crime e Castigo.

Então, direciono os meus olhos para frente e os focalizo no Shakespeare. Através de seu olhar quinhentosseiscentista, vejo atuando, em pele, carne e osso, os seus inúmeros personagens que eu só conhecia de livro. Para citar somente alguns dos mais notórios: Hamlet e o Fantasma seu pai, Otelo, a Megera Domada, o Mercador de Veneza, Macbeth, Júlio César, o Rei Lear, os vários Ricardos e Henriques, todos reis. Estão por aí – diz ele – em nossos palácios, em nossos parlamentos, em nossos porões, em nossas ruas e praças. Mas ele também não me autoriza apontá-los. (Só faltam Romeu e Julieta, pois – ele me confidencia – esses personagens são fictícios).

Resta-me, portanto, falar por mim mesmo. E porque hoje estou também prudente, dou as minhas opiniães sobre coisas estabelecias: a Muralha da China, as Pirâmides do Egito, o Muro das Lamentações, o Coliseu de Roma, o Partenon de Atenas. – São obras monumentais!

Mas não sou engenheiro-de-obra pronta. Tenho projetos a serem realizados. Exemplo: o aperfeiçoamento do Sistema Solar, de modo que os seus planetas fiquem mais próximos um do outro, equidistantes, com semelhantes forças gravitacionais, temperaturas e climas; e, consequentemente, que todos tenham condição de, se não desenvolver, ao mesmo abrigar vida humana. Sabe-se que, para isso, é necessário alterar a Lei da Gravidade. Mas é exatamente isso que proponho!

E que os cientistas se encarreguem de nos curar da Covid-19!

SEXTAR
(27/11/2020)

Ele tem sempre um provérbio – prefere chamar de ditado, talvez para não profanar as Sagradas Escrituras – que resolve qualquer situação difícil ou complicada. O mais utilizado é este: "Água mole em pedra dura tanto bate até que fura".

Mas, ao contrário de muitos que iniciam a sua fala assim: "Como diz o ditado/provérbio", ou mesmo "Como dizia o meu pai/avô", Tião invoca a si próprio: "É como eu digo: 'Água mole em pedra dura tanto bate até que fura'".

Então eu fui pesquisar quem é o autor do ditado que Tião diz.

E, para a minha maior admiração à sabedoria de meu amigo Tião, li que o provérbio é de autoria do romano Ovídio, que viveu entre 43 a. C a 18 d. C, e escreveu Metamorfose e A Arte de Amar. Disse-o obviamente em latim; e sem a rima com que nós o recitamos.

Outro ditado de que Tião também se vale com frequência é este: "Seguro morreu de velho".

Também fui pesquisar. Mas aqui me decepcionei: informaram-me que este terá nascido há coisa de um século, no Brasil ou em Portugal. Portanto, não é impossível que tenha sido criado pelo pai ou avô de meu amigo.

Inspirado na sabedoria de Tião, pensei em fazer uma extensa e profunda pesquisa sobre "Como nascem os provérbios". Mas deparei-me com uma questão preliminar: Qual a diferença, se há, entre provérbio, ditado e máxima; e frase-feita, chavão, tirada, clichê, ou mesmo trocadilho; e há alguma semelhança entre essas formas de expressão e a proverbial gíria?

Uma questão que me atormenta sempre que procuro organizar coisas ou pensamentos, e suponho que perturba os pesquisadores e teóricos, é a da classificação: Começa-se sabendo, com relativa segurança, o que se deve colocar de um lado e doutro; mas logo surgem dúvidas: Isso pertence a este ou àquele grupo? E não demora para tudo se embaralhar. Então, reinicia-se o trabalho classificatório, mas agora guiando-se por um critério simplesmente formal.

Bem faz o meu amigo Tião, que apenas se vale da sabedoria que se apresenta apropriada a cada situação.

Posto ter concluído que "ditado" é uma expressão popular para se referir a provérbios, que geralmente são antigos e de autoria quase sempre incerta – posto isto, passei para as chamadas frases-feitas. Seu conteúdo é mais humorístico que moral; não têm por objetivo primordial ensinar, e sim divertir; sua autoria é mais facilmente determinável: São os frasistas. O mais popular aqui no Brasil talvez seja o senhor Apparicio Torelly, que se outorgou o título de Barão de Itararé, e assim se fez conhecido. Foi contemporâneo de alguns de nós, pois viveu até 1971. Disse maravilhas como esta: "Este mundo é redondo, mas está ficando chato". As suas frases mais brilhantes estão reunidas na obra "Máximas e Mínimas do Barão de Itararé".

Há frases feitas que, além de jocosas, também são filosóficas. Assim é esta, cuja autoria o poeta Ferreira Goulart atribuía-se, sem contestação: "A arte é necessária porque a vida não basta". Outra também de sua autoria, e muito consoladora: "A crase não foi feita para humilhar ninguém". Daí que, além de poeta, o Ferreira Goulart foi também um excelente frasista.

Nem todos os frasistas conseguem transformar as suas tiradas numa frase-feita a ser empregada mecanicamente pela generalidade das pessoas.

Há, porém, frases-feitas universalmente utilizadas, como esta: "Ser ou não ser: eis a questão", cuja autoria é de ninguém menos que Shakespeare, na voz de Hamlet! E esta também, hoje muito utilizada por palestrantes: "Por último, mas não menos importante". Ambas tornaram-se tão populares entre nós lusófonos, que até os monoglotas a entendemos na língua de Shakespeare: "To be or not to be: that the question./Last but not least".

Estava com o meu pensamento assim voando, os olhos presos na televisão e os ouvidos moucos, quando ouço alguém dizer: "Sextou" – Uma gíria!

Passei, então, da frase-feita à gíria.

A gíria, em regra, é mais nova que a frase-feita, porque esta se cristaliza e aquela se evapora com o tempo. Porém, a gíria é mais difícil de ser pesquisada quanto à sua origem e autoria, porque, geralmente, não é registrada em livro, ou mesmo na imprensa escrita, e tem vida efêmera. Parece surgir do nada, conforme um vírus – mal comparando –, e circula pela boca do povo até cumprir o seu ciclo, para dar lugar a outra. Por vezes, esconde malícia que o seu usuário incauto ignora. Mas "sextar" está na boca de respeitáveis comentaristas políticos, portanto – concluí – deve ter origem quase que oficial. Fui pesquisar no Google.

E o Google me informou que a palavra "sextar" tem origem no "Forró da Pegação", e foi popularizada pelo Wesley Safadão.

Não confio muito no Google. Mas já era noite da quinta-feira e não havia outra fonte a consultar. Encerrei a semana (não "com chave de ouro", mas com uma taramela de madeira), e também fui sextar. Aqui mesmo dentro de casa, que estou preso por ordem do Coronavírus.

NATAL
(25/12/2020)

Naquele tempo e lugar, a festa era no dia 24 de dezembro, Dia-de-Consoada. O dia 25, Dia-de-Nascimento, era dia-santo, de fé. Depois, com o intervalo de uma semana dura, vinha o Dia-de-Ano: 1º de Janeiro. Um dia que não era santo, mas solene, e, portanto, respeitado. O Dia-de-Reis, 6 de janeiro, não era santo nem festivo, mas simbólico: do encerramento do Natal, com o desmonte do presépio na casa do vizinho. O que não se compreendia era por que isto se dava exatamente no dia em que os Reis-Magos visitaram o Recém-Nascido Menino Jesus.

Hoje, o Natal emenda-se e mistura-se com o Dia-de-Ano: Festas-de-Fim-de-Ano. Que não têm data certa para começar, mas dá os seus primeiros sinais, nas ruas e nos comércios, já lá pelo fim de novembro. O término continua sendo no dia 6 de janeiro. Mas creio que seja porque é preciso começar a preparar o Carnaval, que vem lá pelo fim de fevereiro. E então o ano que nasceu em 1º de janeiro começa a sua dura caminhada em março... Só em março, depois do carnaval.

Mas voltemos à Consoada.

Diferentemente do que o nome sugere, o Dia-de-Consoada era um dia de banquete, nos limites das possibilidades, que eram estreitas; nele comia-se o melhor almoço do ano, tomava-se um gole de vinho e havia sobremesa de variados doces-caseiros, feitos com muita antecedência. Uma quase festa-pagã, no sentido antigo do termo, em que o paganismo tinha os seus deuses, que gostavam de festa. E vem-me à mente o Baco, deus do vinho indispensável ao Natal. E que simboliza até a Morte, porque foi servido na Última-Ceia.

Mas o assunto agora é o Nascimento. O Dia-de-Nascimento era fugaz, austero, discreto, solene, quase formal. Era dia sagrado, de fé. Porém, não uma fé fervorosa, penitente, dolorida, que isso viria na Sexta-Feira-da-Paixão. O Dia-de-Nascimento era de uma fé suave, leve e alegre, adequada à comemoração do nascimento de uma criança, que, no caso, é o Menino-Jesus. Para isto, fazia-se um almoço especial, mas simples. Poder-se-ia comer o que sobrava da Consoada. Mas não: preparava-se nova comida, para simbolizar o novo, para celebrar o Nascimento e para não conspurcar o seu simbolismo de pureza com o banquete da véspera – a comemoração antecipadamente. O que sobrava da Consoada – e sobrava muito – ia-se comento a partir do dia 26 de dezembro, até o dia 6 de janeiro, Dia-de-Reis, quando, simbolicamente, encerrava-se o Natal, conforme já dito.

Depois, veio um padre e disse que aquele negócio de Consoada estava errado. Havia só o Natal, que era a natalidade, o nascimento, o Nascimento do Menino-Deus, no dia 25 de dezembro.

...

Mas, por que estou me lembrando disso agora? – Porque hoje é Natal, Nascimento! Um Nascimento em meio a mortes, em tempo de pandemia.

Nunca fui de comemorar aniversário de nascimento. Não por ser contra: porque não fui habituado a isso. (Mas, de bom grado e muito grato, aceito parabéns, cumprimentos, homenagens e até presentes... Sem festa!).

Se comemorei os meus dezoito anos, foi só interiormente, subjetivamente, e porque naquele tempo, ainda recente, dezoito anos era a idade em que se abria a porta para quase tudo na vida: a maioridade!

Mas agora estou pensando seriamente em comemorar o meu centenário, e, a partir dos cem, cada ano que eu concluir. Esclareço que isso ainda está muito, muitíssimo longe. Mas sou previdente; e sei que boas-festas se planejam com boa antecedência. Fica aqui o convite para a festa de comemoração do meu centenário!

Até lá, comemorarei o nascimento dos dias, que hei de renascer todos os dias. E, claro, o Dia-de-Nascimento, porque a este fui habituado a comemorar desde menino. Mas sem Consoada.

Então, vou estourar um espumante. Saúde!

ANO PANDÊMICO
(1º/1/2021)

Dizem – aliás, dizemos – que no Brasil o ano começa em março, mais precisamente, na primeira segunda-feira depois do Carnaval. É para depois do Carnaval que se marcam os compromissos sérios; e aí voltamos ao trabalho duro e às atividades rotineiras. Pois, então, o velho terminou ontem, mas o ano novo ainda não começou.

Quando chegávamos do carnaval na avenida ou levantávamos do sofá, onde assistíamos ao desfile pela tv, anunciaram-nos que estava infiltrado entre nós um folião malévolo e invisível, provavelmente vindo da Itália e originário da China, chamado Coronavírus.

Então, todos – tenham ou não ido à avenida – nos trancamos em casa e pusemo-nos a nos observar se não apresentávamos sintoma de hospedar o indesejável forasteiro.

Não demorou a ele ser detectado num paulista que tinha estado recentemente na Itália, e, sem saber, trouxera de contrabando o praga. E logo ele foi encontrado em outras e mais outras e centenas e milhares e milhões de pessoas que não estiveram na Itália, não pularam o carnaval, mas, talvez, tenham ido ao cinema ou ao trabalho, à padaria ou ao mercado, à festa de um amigo ou à casa de um parente – porque o maldito já circulava entre e através de nós.

A partir de então, sucedeu o que todos vimos: o Corona já nos tirou deste mundo nada menos, mas possivelmente muito mais, que um milhão e oitocentos mil de nossos semelhantes. Só no Brasil, contaram-se quase duzentos mil.

Se já não fossem os males crônicos e outros que gestamos e estouraram em 2020, como poderia eu dizer que foi bom esse ano pandêmico?

– Seria insultuoso àqueles que o tiveram péssimo, e desrespeitoso com quem viu nele a morte.

O que eu digo é que não achei tão penoso passar um ano em quarentena. Não me foi difícil seguir as normas, os protocolos, as recomendações, os conselhos, os pedidos, os apelos e as determinações das autoridades científicas e/ou civis, e o próprio bom senso, de "ficar em casa"; mas, se necessário sair, usar máscara e manter-se a um metro distante de um semelhante, e passar álcool em gel nas mãos e lavá-las com sabão ao chegar em casa. Etc.

Centrei-me na primeira recomendação, ficar em casa, pois ela dispensa, conforme me dispensou, de usar máscara em boa parte do tempo, e poupou-me muitos frascos de álcool-em-gel e sabão-líquido; e também me evitou o constrangimento de recusar o cumprimento manual e o abraço físicos de eventual amigo/a que encontrasse na rua.

Então, a mim, a pena mais grave que esse maldito Coronavírus impôs foi ficar em casa. E isso nunca me foi sofrível, e hoje não me é difícil. Mas sei que é devido à minha natureza e às minhas circunstâncias.

O "isolamento social" é sublimável até para o mais sociável dos humanos, que não sou eu. Na solitude, compõe-se, executa-se e ouve-se música; lê-se e escreve-se livro; pinta-se e borda-se; pensa-se e reflete-se; faz-se limpeza da mente e faxina da casa...

O que mais fiz foi ler; o que mais tentei foi escrever. Porém, não li uma centena de livros, conforme muitos presidiários juram fazê-lo no espaço de um ano; e não escrevi "memórias do cárcere", conforme Graciliano Ramos de fato escreveu, nem mesmo "cartas do cárcere" eu escrevi, conforme Antonio Gramsci o fez – é que não estava confinado numa penitenciária.

Também não escrevi uma epopeia, um tratado político, filosófico nem teológico – porque não fora desterrado para uma ilha perdida no oceano ou uma região desértica d'África.

Não! Estive apenas a uns vinte metros do chão, e em minha residência. Digamos: numa prisão domiciliar. E com direito a saídas em caso de necessidade, que não me foram muitas e nem urgentes. Então, não cheguei a ler sequer uma dezena de livros, e escrevi pouco mais que duas centenas de páginas.

Assim, passei pelo ano de 2020 sem muito sofrimento, mas também sem realizações grandiosas.

E dado que, segundo as autoridades científico-sanitárias, o vírus Corona transmite-se de um a outro humano por meio de "gotículas" que expelimos, e, quando eu saía de casa, adotava os protocolos de segurança, estive sempre bastante seguro de que era relativamente pequena a probabilidade de o maldito vírus me alcançar.

O que mais me fazia sofrer era a notícia das centenas ou milhares de mortes diárias, vítimas do peste. E saber que pessoas queridas e que dão sentido à minha vida poderiam estar mais expostas ao inimigo que eu... Que noites insones!...

Para mim, conforme já disse noutra oportunidade, o que mais me afetou foi não poder tomar um cafezinho numa cafeteria. Pois, bom que seja tomar um caneco de café que coamos ao custo de uns vinte centavos, é diferente tomar uma meia-xícara numa cafeteria, ao preço de seis reais...

Então, quanto a mim, confesso, o mais sofrível foi abster-me de tomar o meu cafezinho numa cafeteria. E, óbvio, não poder ir ao cinema – porque, para mim, a filme ainda só se assiste é em cinema –, quando, numa única saída, eu podia somar as duas "experiências" agradáveis. Mas jurei-me que só faria isso depois de vacinado contra o vírus. E não sou de quebrar juramento.

Espero que este ano que nasce hoje comece já em janeiro, com a vacina contra o Coronavírus. E sem Carnaval em fevereiro!

E que ele seja melhor que 2020! Para que todos tenhamos um bom 2022!

NEGÓCIO MÓRBIDO
(8/1/2021)

Não é metáfora, não; nem ironia. Negócio mórbido é coisa real e séria. Li este título no caderno de Economia de um "grande jornal de circulação nacional", publicado em São Paulo: "No radar de investidores, o setor de luto". Isso já no afastado dia 20 de dezembro do ano findo.

Estarão perguntando-se, em questionamento a mim: Mas por que só hoje vem ressuscitar o assunto? A resposta é simples: Porque naquele dia estávamos às vésperas do Natal, e não era oportuno falar de morte antes do Nascimento.

O caderno de Economia não é o que eu mais nem melhor leio nos jornais. Então, certamente nele passarão notícias de grande relevância aos negócios públicos e privados, sem que eu as perceba. Aquele título, porém, atraiu os meus olhos e despertou a minha curiosidade.

À primeira vista, achei que houvesse um erro de impressão ou leitura; e o certo fosse "setor de luxo". Ora, investir em luxo é coisa antiga... – pensei. Mas já o subtítulo deixou claro que o investimento era mesmo no luto, 'in verbis': "[...] grupo de cemitérios colocou em evidência um mercado que fatura R$ 3 bi no país [...]".

Há muito que não sou ingênuo, e sei que a morte pertence aos vivos, no duplo sentido da palavra. Além de significados simbólicos, a morte tem consequências econômicas aos sobreviventes. Disso eu já sabia.

O que eu não sabia era os detalhes do mercado relacionado à morte: o empreendedorismo dos empresários, a modernidade das empresas, a rentabilidade dos negócios.

Pois, diferentemente do que se pode pensar de imediato, a um funeral não bastam um atestado de óbito, uma urna, uma cova e consequente sepultamento. E as empresas do luto estão aí para nos oferecer os produtos e serviços necessários a uma boa despedida e destinação do corpo em que habitamos – tudo englobado num "plano funerário", que se adquire em vida, preferencialmente. Em tempos idos, contratavam-se as denominadas carpideiras para chorarem a morte do finado. Isso hoje já não existe. Mas as flores e as velas ainda são necessárias ao ritual.

Falo isto com apreço e respeito, até porque um dia alguém poderá comprar esses bens e serviços para o meu finado "eu".

Mas não quero falar disso. O assunto é empreendedorismo, investimento e rentabilidade no setor de luto.

A matéria jornalística informa que se denomina Death Care à empresa que atua nesse setor. E diz que a tendência atual é a criação de start-ups, que operam com as mais avançadas tecnologias, as denominadas death techs. Os "ativos" dessas empresas constituem-se, basicamente, de cemitérios, crematórios e funerárias; os produtos oferecidos à venda englobam-se no já mencionado "plano funerário".

Tratando-se de um artigo de Economia, não podia faltar os números, que são estes: o "segmento" conta, no Brasil, com mais 750 cemitérios, 147 crematórios e 5.000 funerárias. E existem 250 empresas de plano funerário. Este número sugere que é grande a concorrência no setor; e explica por que, atualmente, o meu telefone-fixo é acionado quase só por empresa funerária, oferecendo-me os seus planos.

Se o cuidado com a morte mede-se por esses números, a rentabilidade do investimento evidencia-se pelo faturamento: Três bilhões por ano!

O repórter/articulista informa que só um grupo empresarial é dono de nada menos que dez cemitérios, e tem um faturamento de R$ 89 milhões por ano. E, dada a expansão do negócio, entrou com pedido de abertura de seu capital, permitindo, assim, a nós que não somos empreendedores, participar de seus lucros na condição de sócios-acionistas.

Já uma executiva do setor declarou ao jornalista – diz este – que, diante do aquecimento do setor, depois de quase duas décadas administrando um único cemitério, abriu uma consultoria dedicada ao mercado do luto, e planeja fomentar as startups do setor.

O Coronavírus, que nos causa a Covid-19, tem sido também a causa do aquecimento desse setor da Economia.

Não darei mais detalhes, para não transformar este texto, que se pretende literário, em econômico. Mas reafirmo que a matéria está num jornal publicado em São Paulo, e de circulação nacional, edição do dia 20 de dezembro p.p. Indicada assim a minha fonte, não só me exponho à conferência da veracidade do que digo, mas também facilito a pesquisa de quem possa e queira investir num setor econômico que, ao contrário de lhe causar recessão, a pandemia estimula o seu crescimento.

O PALHAÇO, O LÍDER E O ÍDOLO
(15/1/2021)

Agora que tudo já foi dito sobre Trump, e antes que ele saia do palco e a cortina cerre-se às suas costas, vou falar o que eu acho desse senhor – ou guy, conforme ele diria –: esse cara é um... Ia saindo uma palavra grosseira, mas filtrei-a nos lábios, e sai-me a única palavra que se pode dizer em público em relação a esse sujeito: é um palhaço. Mas talvez também não seja politicamente correto (literalmente falando) chamar de palhaço uma autoridade ridícula.

Alienado que sou dos assuntos internos norte-americanos, não ouvira falar do Donald Trump bilionário, empresário, golfista, ator nem apresentador de programa de televisão – que agora, consultando o Google, sei que ele fora tudo isso. Só o vi entrar em cena já no papel de candidato a Presidente dos USA. Achei-o com cara de palhaço. E pensei que, sendo ele um palhaço, a sua candidatura seria folclórica, conforme dizemos, e por aqui pulula a cada quatro anos.

Mas a democracia é um regime tão democrático que, por princípio e em princípio, não impede que um palhaço chegue ao comando de sua nação. Conforme também não impede que um ditador seja eleito por "seu" povo. Não raro, o palhaço e o ditador concentram-se numa mesma pessoa, de que há exemplos na História. E aí é que está o perigo, porque se, para eleger-se, o ditador disfarça-se de palhaço; depois de eleito, para governar, o palhaço se faz comandante-da-nação, e, não raro, torna-se ditador. – Eis o maior estelionatário político!

Mas alguém já disse que nós/povo gostamos de ser enganados. Eu acrescento: há quem gosta tanto de ser enganado, que engana a si próprio para não ver o ditador no palhaço.

E então, se Hitler chegou ao governo de uma nação que produziu um Kant e um Hegel, um Bach e um Beethoven, por que Trump não chegaria à Presidente da Maior-Democracia-do-Mundo? Chegou.

Deixando Hitler de lado, centro-me na figura de Trump-Presidente. Quando o vejo diante de um público – seja num auditório, num palanque, ou ao rés do chão, diante da Casa Branca –, com aquele cabelo armado, aquele rosto triangular, aquela fala cantada-assoviada, meio-fanhosa/meio-pastosa, saindo por uns lábios em bico – quando o vejo assim, fico pensando comigo: Isso é natural ou impostação? – Concluí que é natural: É, pois, um palhaço por natureza. Com pouquíssimos retoques de maquiagem – que, de ordinário, o seu rosto já parece maquiado –, uns enfeites quaisquer, é um palhaço-de-circo, sem a graça desse profissional nem o respeito que ele merece.

E aqui abro parêntese para dizer que semelhantemente achava o Primeiro Ministro da Grã-Bretanha, mister Boris Johnson. Com uma diferença: Trump era um palhaço republicano; Johnson, monarquista. Então aquele tinha ares de palhaço-de-circo, enquanto este me parecia um bobo-da-corte.

Mas já me penitenciei disso que só agora confesso. E não mais vejo o Primeiro Ministro de Sua Majestade como um bobo-da-corte. Devo isso – é doloroso dizer – ao Coronavírus. Com efeito. O bobo-da-corte que negava os perigos do vírus e parecia indiferente aos riscos que este representava à plebe, depois que foi atacado pelo bichinho e foi internado num hospital, terá refletido; e reapareceu como verdadeiro Primeiro-Ministro, preocupado com a saúde-pública e o bem-estar de seus concidadãos e súditos de Sua-Majestade: É o milagre da pandemia!

E só então vim saber que o senhor Johnson é homem que lê e pensa, enquanto mister Trump... Dei-me conta, assim, de que a imagem que vemos num personagem tem a ver com o conceito moral que temos da pessoa sob a máscara. O cara de bufão, de bobo-da-corte, tornou-se um líder político aos meus olhos, e, creio, para os súditos de "sua" majestade.

Mas mister Trump, que continua com cara e comportamento de palhaço, não deixa de ser também um líder político norte-americano, conforme o alemão Hitler também. Restava-me conhecer a cara e a coragem de seus liderados.

E isso eu vim conhecer no dia 6 deste mês de janeiro deste ano de 2021: nos muros e alembrados e escadarias e corredores do Capitólio. E também no Gabinete da Presidente da Câmara dos Representantes daquele povo. Estavam armados de suas bandeiras, e vestidos à guerra. Um estava armado de chifres.

Aqui surge-me uma diferença entre o líder e o ídolo político. Diria que o ídolo está acima do líder, e entronizado num nicho esculpido para a sua pessoa/imagem, donde é idolatrado por seus seguidores, que se arrastam pelo chão. Até que o ídolo também venha ao chão...

Trump é do tipo líder-ídolo.

Talvez aquele seu ato – de insuflar e estimular os seus seguidores a invadir o Capitólio e "melar" a posse de seu sucessor, para, com isso, permanecer em seu nicho – talvez aquele tenha sido o último ato de liderança do Trump-Presidente. Fracassou. Mas o fracasso, por vezes, ainda mais resplandece a imagem do líder-ídolo às vistas de seus seguidores.

Aguardemos os próximos capítulos.

VIVA A VACINA e MORTE AO VÍRUS!

(22/1/2021)

Há quase uma década (deveria dizer oito anos, mas a palavra "década" é mais literária), pois então, há quase uma década que não tenho uma gripe para valer. "Valer" aqui significa um pacote com febre, dor de cabeça e no corpo em geral, tosse, perda de apetite e de sono.

Depois de mais de sete anos, estava eu de volta a São Paulo, aposentado e feliz da vida. Deixara o céu azul de Brasília que me estonteava, o sol brilhante que me atordoava, a geografia plana que me entediava, o ar seco que me irritava, o ar-refrigerado que me dava a pior das dores de cabeça, porque nauseante; e reencontrava a São Paulo nublada, poluída, úmida e fria, de que eu me alimentara por mais de trinta anos.

Era mês de agosto. Sentia-me – imagino – como um condenado que esteve preso numa ilha e volta livre à sua aldeia. Pois todos sabemos que São Paulo não deixou de ser uma aldeia; hoje, imensa e multifacetada. Perambulava por seu Centro decaído, por suas ruas tortas, perigosas ou suspeitas, querendo saber se continuavam como deixara.

Aí, um dia cheguei em casa com dor de cabeça característica; e logo veio a febre... Era uma gripe forte como jamais sentira. Hoje, em retrospectiva e leigamente, me diagnostico com a Influenza tipo A.

Aqui é que entra a história da vacina. Recuperado da maldita gripe, postei no Facebook uma mensagem falando de minha experiência gripal. Uma amiga-colega (que fora de profissão-carreira, e agora nos reencontrávamos na aposentadoria e na rede-social), essa colega-amiga comentou a minha postagem, dizendo que há anos não tinha gripe, porque vinha tomando vacina contra o vírus.

Então, no próximo inverno, eu, que ainda não chegara à melhor-idade dos sessenta anos e, portanto, não tinha direito a vacina pública-e-gratuita, eu fui a um serviço particular e me vacinei. E desde então me vacino contra o vírus, e nunca mais tive gripe para valer. Se contraí o vírus H1N1, ele não me terá causado mais que uma gripezinha, que passou despercebida.

Faço este depoimento porque, nestes tempos de distanciamento-social, ou se fala de si próprio, ou se fala de pandemia, ou se fala de vacina. Resolvi falar dos três. Ah, também se fala de política! Pois, conforme se sabe, em tudo está a política.

Então, posto que já falei de mim, não quero mais falar de pandemia e a política está subentendida, falo agora de vacina.

Por que será que a vacina mexe tanto nas zonas sombrias das mentes e abala convicções científicas há muito sedimentadas? Um fenômeno que merece estudo dos filósofos, sociólogos, historiadores, psicólogos, psiquiatras. E talvez dos teólogos.

É como se a vacina descortinasse em nossa mente um compartimento medieval, e nele despertasse fantasmas, desenterrasse imagens tenebrosas, restabelecesse fés e trouxesse ao presente a memória de um passado quando a peste era tida como castigo divino a que estávamos condenados a sofrer. Portanto, é impossível evitá-la; e a tentativa é uma heresia. O que podemos é aliviar o sofrimento com alguma poção milagrosa. Vacinar-se? – Isso não somente é inócuo à doença, mas também é perigoso à nossa saúde e vida. Surgem, então, as teorias, as suspeitas de que a vacina é uma droga preparada por um inimigo para nos causar algum mal.

Nos idos de 1904, quando a varíola ainda abatia populações, tivemos a Revolta da Vacina. Mais exatamente, a revolta contra a vacina contra a varíola. No entanto, é graças à vacina que, hoje, essa peste está erradicada.

Porém, ainda temos a poliomielite ou paralisia infantil, a tuberculose, o tétano, etc., etc., etc. Mas, atualmente, aceitamos essas vacinas contra essas moléstias, da mesma forma que tomamos um remédio para tratar de qualquer doença: é como se elas tivessem se transformado em remédio. Não indagamos de que é feita a vacina, se ela vem da China ou da Índia, do Butantã ou da Fiocruz, conforme não o fazemos para nos submetermos à injeção de uma droga medicinal na veia. Confiamos que há alguém cuidando disso para nós.

Hoje é o Coronavírus que nos ameaça e ataca e mata. Mas já descobriram a arma que nos protege dele. Porém, crenças e superstições opõem-se à ciência, e fazemo-nos de sabidos e questionamos "a segurança e a eficácia" da vacina, que já foi testada e aprovada pelos cientistas. Talvez isso se deva menos ao medo pela novidade da vacina, e mais ao fascínio por um tempo sombrio, que o peste do vírus representa.

Viva a vacina e morte ao vírus!

UM CARNAVAL HISTÓRICO
(19/2/2021)

Foi-se a semana-de-carnaval. Mas não há sinal de o ano nascer. É que não houve Carnaval, e no Brasil o ano começa quando a folia termina.

Nossa majestade Rei Momo decidiu: se não há carnaval, o ano-novo não começa; e 2021 será uma prorrogação de 2020, até que... se vacinem; e aí não só o ano, como também novos tempos nascerão.

Mas quem determinou a suspensão do carnaval foi um soberano menor, minúsculo, invisível, porém, ditador maligno: o Coronavívus XIX.

O ano que iniciou em 2020 e se estende por 2021 irá para a nossa História como aquele em que sua malignidade Coronavírus XIX matou centenas de milhares de brasileiros, feriu insidiosamente dezenas de milhões, retirou de outros tantos milhões os seus meios de sobrevivência, quebrou a empresa de muitos, fez o nosso PIB cair não sei quantos por cento.

Mas este 2021 será também o-ano-em-que-não-teve-carnaval.

Machado de Assis registrou em sua crônica de 4 de fevereiro de 1894 que naquele ano não teve carnaval. Suponho que devido à Revolta da Armada. O carnaval de 1912 foi adiado, oficialmente, em luto pela morte do Visconde do Rio Branco, mas, de fato, naquele ano, tivemos (ou melhor, tiveram) dois carnavais: o oficial cancelado e o oficialmente realizado. Já o carnaval de 1918 foi prejudicado pela Gripe Espanhola, e estourou com mais força e beleza no ano seguinte.

Tudo isso há mais de cem anos. E naqueles tempos o Carnaval estaria concentrado no Rio de Janeiro, com tênues ramificações por algumas poucas cidades do Brasil. Ao longo deste século, ele se alastrou por todo o território. O que seria o carnaval de São Paulo em 1918? Nos últimos anos, ele tomou as ruas e avenidas paulistanas; fez-se sambódromo. Em Belo Horizonte, que mal acabava de nascer naquele tempo, hoje o Carnaval brilha. Não duvido de que hoje ele viceje em minha Jequeri, onde, em 1918, creio que não chegasse nem através de rádio a pilha...

Até onde pesquisei, há um século que nenhum fato estragou a nossa festa de Carnaval.

E, no entanto, neste 2021 não se ouviu um pio, um apito de carnaval. Se aconteceu alguma folia – e dizem que aconteceram várias – foi clandestinamente.

Este ano irá para a História, pois, como o ano em que não houve Carnaval. E, se este é o país do Carnaval, não havendo carnaval, o Brasil esteve morto neste ano.

Certo é que também se diz – ou dizia-se – ser este o país do futebol. Mas o futebol, que não foi invenção nossa, também nunca nos foi exclusivo. E a nossa glória futebolística parece já estar datada na História. Hoje, talvez sejamos um dos, sei lá, dez melhores futebóis do mundo... Então, a pandemia não afeta particularmente o nosso sofrível futebol. Sem falar que os profissionais não pararam de jogar enquanto o vírus abatia a arquibancada: jogo sem público, jogo sem público-pagante, jogo com tantos por cento de público da capacidade do estádio. – E o jogo continuou. Fez-se campeonato nacional e internacional.

Também é certo que não inventamos o Carnaval. Especula-se sobre a sua presença já entre os antigos. E é certo que antes dos cariocas e dos baianos, os parisienses e os venezianos já dançavam/pulavam/brincavam/desfilavam carnaval. Mas é indiscutível que o expandimos, conferimos-lhe técnica. Profissionalizamos o Carnaval – criamos escolas carnavalescas, mais precisamente, escolas-de-samba. Dizem que, com ele, fazemos o maior espetáculo da Terra! E, possivelmente, do Universo, supondo-se que só na Terra existe Carnaval! Não sou especialista para afirmar, mas arrisco dizer que somos os melhores nisso.

Porém, o Carnaval, que acontece apenas uma vez por ano, não aconteceu neste ano.

Vi e li sugestões para um carnaval "em época de isolamento social". Seria um carnaval familiar, ou entre amigos íntimos, ou mesmo individual. Aí, troquem a máscara higiênica por uma carnavalesca, pintem-se o rosto à palhaço, vistam-se à moda da folia, fantasiem-se a gosto. Se têm um cão de companhia, façam o mesmo nele (suspeito que o gato amigo não quererá participar da brincadeira). E ponham-se a pular no quintal de sua casa, na sala de seu apartamento, ou mesmo em seu banheiro.

Não sei se houve muitas brincadeiras assim. Mas isso não é bem um carnaval. E é certo que as ruas, as avenidas, os sambódromos estiveram às moscas neste carnaval. Até na televisão o carnaval calou-se, apagou-se neste ano pandêmico.

Então, para quem, do Carnaval, gosta é de se soltar e dissolver na multidão da rua, ou de assistir aos desfiles na tv, para esses reclusos, cansados de ler, neste carnaval só restou a cama.

Mas, seja lá como tenha sido, este foi um carnaval histórico para todos nós.

CRÔNICA FICTÍCIA ou UM LEITOR DE JORNAL

(26//3/2021)

O caderno de política era o que ele mais lia; já o que lia melhor era o de arte; aí vinha o terceiro, que não era um caderno, mas uma folha, a de horóscopo, e nesta ele apenas dava uma olhada; a última era uma seção, na qual ele só passava os olhos: a de necrologia.

Sim, porque ele se interessava por política, gostava de arte, divertia-se com a astrologia e preocupava-se com a morte. Então, porque se preocupava com a morte, mesmo zombando da astrologia, ele dava uma olhada no horóscopo para saber o que os astros diziam sobre o seu amanhã.

Porém, chegou um dia em que a política apodreceu; a arte murchou; o futuro tornou-se imprevisível; e a morte proliferou. E o jornal transformou-se numa simples coluna necrológica. Eram tempos de pandemia.

Mas, porque ele estava viciado em ler jornal, todos os dias ele lia o jornal. Então, percebeu que da coluna necrológica não constava o nome de seus amigos que ele sabia mortos.

Aí decidiu ler também um outro jornal, para ver se ele noticiava a morte de seus amigos. E logo constatou que ambos os jornais continuam quase os mesmos nomes de falecidos, mas nenhum amigo seu.

Mas não pensem que o nosso leitor-de-jornal tivesse desejo mórbido. Não! Ele amava a vida! Não direi que ele tinha compaixão dos mortos noticiados, porque sequer os conhecera em vida. Mas imaginava-os em vida, via-se em suas peles e sentia como que saudade da própria vida...

Porém, não era para isso que ele lia os jornais-coluna necrológica. Era por curiosidade sociológica. E a informação mais importante para ele era a idade do/a falecido/a.

Estava ele informado das estatísticas do IBGE e sabia que, no Brasil, vive-se em média 76,3 anos, sendo que as mulheres vivem 79,9 e os homens 72,8 anos. Mas resolveu fazer a sua própria estatística, tendo por universo de pesquisa as "notícias" dos jornais, para saber que expectativa de vida poderia ainda ter.

A sua pesquisa não era científica, mas leiga: ele tinha consciência disso. Mais que leiga, era – com perdão da palavra – era mesmo deleitante. Sabia que não teria nos jornais uma amostra das mortes ocorridas em todo o território brasileiro, porque muitas ocorrem em lugares aonde sequer chega jornal. Mas não era um estatístico, um cientista social, um historiador nem geógrafo: era um simples leitor de jornal que tinha curiosidades sociológicas e... amor à própria vida.

Certo dia, ele leu a nota fúnebre de uma viúva finda aos 101 anos de idade. Porque era otimista o nosso leitor, ele concluiu que poderia chegar não à média, mas à idade máxima de um brasileiro.

Porém, lembrou-se de que, segundo o IBGE, as mulheres viviam, em média, 7,1 anos mais que os homens. Então, se a mais velha chegara aos 101, o mais velho chegaria a 93,9 anos: esta era, portanto, a sua expectativa otimista de vida. Estava bom: ainda tinha algumas décadas de vida.

Outro dado que ele constatou imediatamente no jornal, e que se compatibilizava com aquela informação do IBGE, e considerando-se ainda que, geralmente, as mulheres casam-se mais novas – ele constatou no necrológio que os homens deixavam viúvas as suas mulheres, e, por conseguinte, estas morriam no estado de viuvez...

O necrológio continha diversas outras informações sociologicamente relevantes, quais sejam: os parentes que o/a finado/a deixava, se o corpo seria sepultado ou cremado, e onde. Esta última informação era especialmente relevante no caso de sepultamento, porque a necrópole que receberia o/a morto/a diria muito de sua fortuna em vida. Mas, conforme dito, o nosso leitor não era sociólogo para se enveredar por essa análise.

Ele só queria saber o quanto de vida poderia ter expectativa de ter.

Acho que ainda não foi dito: o nosso encabulado vivente era solteiro.

Então, ele se ateve ao estado civil dos mortos. E concluiu que, se deixavam viúva ou estavam viúvas ao morrer, os mortos eram casados/as em vida. Isso o alentou, porque, conforme acima dito, ele era solteiro.

Mas logo ele constatou que o necrológio não anunciava morte de criança, e sabe-se que elas também morrem.

E os adultos solteiros ou divorciados, que também são mortais? – Ele voltou ao jornal e viu apenas um anúncio de um representante deles, que, por "sinal", era solteiro e tinha a sua idade...

O nosso leitor-de-jornal não era supersticioso, mas, na dúvida e por cautela, deixou de ler jornal. E foi cuidar de sua vida.

AS QUATRO ESTAÇÕES
(2/4/2021)

Pela primeira vez, vi-me entrando numa estação: o outono.

Até a semana passada, "primavera", "verão", "outono" e "inverno" eram-me simples metáforas: primavera – jovialidade e alegria; verão – ainda jovialidade, mas com maturidade e energia; outono – declínio e uma certa tristeza; inverno – recolhimento e aconchego.

E muito, muitíssimo mais que tudo isso, pois metáfora é coisa que se abre e vai longe, beirando o infinito.

Por isso é que "primavera", "verão", "outono" e "inverno" são matérias-primas muito caras à arte. Não saberia dizer quais obras-primas já se fizeram das e para as estações do ano nos vários ramos da arte. Mas creio que existem canções e sinfonias; certamente, pinturas; provavelmente, ballets; talvez, esculturas. Já no cinema, para quem o considera a sétima arte, lembro-me de cenas em primavera, verão, outono e inverno. Não me perguntem o nome do filme, que disso eu não me lembro.

Caso à parte, e na parte que mais me toca, é a Literatura. E não me refiro somente ao gênero poesia, em que as estações do ano aparecem mais metaforicamente. Quantos romances não se ambientam na primavera, no verão, no outono e no inverto!... Tão fortemente que o tempo transforma-se em imagem: de jovialidade, de energia, de declínio e de recolhimento. Lembro-me de alguns, mas não vou citá-los, porque isso já beiraria o campo da análise literário; e eu não sou da área.

O que digo, e retomando o que já disse acima, é que primavera-verão-outono-inverno, até semana passada, não era objeto de minha observação, de minha experiência real. Era fenômeno que se passava muito distante, no espaço e até no tempo, lá pelas Europas, com ares medievais. Sobretudo, o inverno era medieval. Imaginemos, pois, um inverno medieval...

Mas, falando de Literatura, o inverno bom mesmo é o russo. Imaginemos um mujique em sua isbá enfumaçada, iluminada apenas por uma labareda no fogão, à beira do qual ele se aquece; na trempe do fogão, uma samovar com água fervendo, para fazer um chá de ervas. Lá fora, tudo é gelo: 15° abaixo de 0... – crime e castigo; guerra e paz...

E depois vem uma primavera, com tudo em flor; em seguida, as férias-de-verão, no mar ou no campo; aí, vem a queda outonal; e novamente o inverno...

Enquanto aqui nos trópicos, o que tínhamos era apenas o tempo de sol e o de chuva, o de calor e o de frio. Um frio que não chegava a ser propriamente um inverno.

Certo é que também havia os dias longos e os dias curtos, o tempo das flores e dos frutos, o tempo em que as folhas caíam e o tempo em que elas renasciam, o tempo de plantar e o tempo de colher; o tempo bom e o ruim (a depender do que se pretendia fazer nele). Mas tudo observado, experimentado, sentido, e conhecido diretamente da natureza, na dura realidade; e não com a nitidez, a pureza, a beleza das imagens daquelas estações... A realidade tal qual. Nada de imaginação, de metáfora. Nem mesmo precisava valer-se dos conceitos de primavera, verão, outono e inverno. Isso era coisa de calendário, fixado na parede da sala.

...

Pois, meus/minhas amigos/as, semana passada, precisamente no dia 20 desse mês de março que terminou ontem, vi o outono chegar!

E ele chegou sorrateiramente, na figura de uma sombra, que subia pela parede do edifício vizinho, em hora que eu supunha plena de dia!

Só então me dei conta de consultar o calendário, e ele me disse que o verão terminara e iniciava o outono.

Voltei à janela e olhei ao alto: o dia era claro; o céu azul; e ainda fazia um calor de verão! Além daquela sinistra mas graciosa sombra subindo pela parede do edifício, nada que sugerisse o declínio e a tristeza outonais.

À noite, assistindo à tv, vejo/ouço anunciar: 2.730 brasileiros/as mortos/as pela Covid-19 nas últimas 24 horas! – É a metáfora do outono?...

E saber que ainda temos que passar pelo inverno para chegarmos à primavera!...

AS TRÊS ESTAÇÕES
(9/4/2021)

Você já ouviu esta expressão-endereço: "Entre as estações da Luz, Sorocabana e Rodoviária"?

Pois, se já ouviu, deve ter mais de quarenta anos. E, muito provavelmente, é paulista ou ouvia as rádios de São Paulo no século passado. Porque desde 1982 a "Rodoviária" não mais existe. Já a Sorocabana hoje é mais conhecida pela "Sala São Paulo". Resta famosa apenas a velha Estação da Luz, que tem a honra de acolher o Museu da Língua Portuguesa.

E então a capital paulista perdeu este endereço famoso: "Entre as estações da Luz, Sorocabana e Rodoviária".

Eu, que tenho mais de quarenta anos, ouvi muito falar: "Entre as estações da Luz, Sorocabana e Rodoviária". Era o endereço de lojas populares ou hotéis baratos, que as rádios anunciavam aos brasileiros de outras terras que pretendessem vir a São Paulo.

Aquela Estação-Rodoviária deve estar na memória de muita gente; e, no entanto, teve vida curtíssima: 21 anos! Porém, a mim, que não vi o seu início, ela deixou uma memória eterna...

Mesmo a majestosa Sorocabana – leio que tem estilo Luís XVI e foi inspirada nas de Nova York e Pensilvânia – mesmo ela pouco durou. Construída em 1938 para receber o café e os cafeicultores vindos do oeste paulista e norte do Paraná, quando a aristocracia já estava decaindo em 1999, tornou-se a Casa de Concertos da Orquestra Sinfônica do Estado de São Paulo, com a famosa Sala São Paulo. Hoje, de estação, ali resta a plebeia "Linha 8 – Diamante" da CPTM, que não transporta café nem barão, mas "gente do povo".

Já a Estação da Luz, esta vem de longe – 1865! –, de quando ainda circulava pela cidade carruagem puxada por cavalo, e montado a cavalo viajava-se por esses brasis. Trem-de-ferro ou locomotiva era luxo inglês. Então, criou-se aqui a São Paulo Railway Company, que construiu a famosa estrada de ferro Santos-Jundiaí. E deu origem à Estação-da-Luz, ao estilo inglês, que resiste até hoje, mesmo atacada por dois incêndios.

Nunca fui usuário das estações da Luz e Sorocabana. Mas, na década de setenta, embarquei-me e desembarquei-me muito na Rodoviária.

Diferentemente das Sorocabana e Luz – sólidas, monumentais, aristocratas, cheirando a café-paulista ou chá-inglês –, de quando a nossa elite viajava de trem, a estação Rodoviária foi construída (em 1961) para o "povão": uma cobertura de acrílico, multicolorida, sobre colunas de cimento, cobertas de pastilhas também multicoloridas. Estava mais para o guaraná de todos, que para café-paulista ou o chá-inglês.

Pois há quase quarenta anos a minha Rodoviária foi transferida para as margens do rio Tietê, e numa construção de arquitetura e paisagismo que não me agradam. Mas admito que pode ser por ignorância minha, pois não sou entendido em paisagismo nem arquitetura.

Mas, voltando à antiga Rodoviária da Praça Júlio Prestes. Retirados dali os ônibus, sobrou aquela arquitetura-galpão colorida. E deram-lhe uma utilidade bem adequada a seu estilo: um shopping popular, com o pretensioso nome de Fashion Center Luz. Mas pouco durou. Não cheguei a frequentá-lo. Bem que pensei em, ao menos, visitá-lo: só para recordar-sentir o tempo em que, naquele espaço, sentado na sala-de-espera, aguardava a partida do ônibus com destino a...

Mas as ocupações, o afastamento ocasional da cidade, etc... – Não cheguei a adentrar aquele shopping que profanava um espaço de minha memória.

Pois agora, nestes dias de pandemia – de carro, com os vidros fechados e máscara no rosto –, circulando pela Cracolândia, vi que o shopping também já é coisa do passado: demoliram o prédio de minha Estação-Rodoviária. E vão construir no terreno um condomínio residencial, que, ao visto, é parte do projeto de "revitalização do Centro" decaído. Os apartamentos serão (leio numa tabuleta) de dois-dormitórios, com área privativa total de 50m2. Mas o condomínio terá piscina, salão de festas, espaço gourmet, playground, academia, bicicletário. Querem mais? – Tem; e é o que mais me agradou: uma brinquedoteca!

Estou tentado a comparar um apartamento para morar naquele espaço sagrado. Se não poderei dizer que moro "entre as estações da Luz, Sorocabana e Rodoviária", poderei falar que moro em cima da antiga Rodoviária e em frente à "Sala São Paulo"!

CRÔNICA FABULOSA. E REAL
(16/4/2021)

Quando pequeno (quero dizer: criança) pensava que as princesas e os príncipes eram eternamente jovens e belos; e à espera de um príncipe ou uma princesa com quem se casar. Quando se casavam, tornavam-se reis e rainhas. Então, a jovialidade e a beleza transformavam-se em autoridade; o encanto (que príncipe e princesa eram encantados) transformava-se em poder (e poder divino!).

A decepção veio ao saber que a nossa Isabel era casada (com o conde D'Eu), e não era bela como se esperava de uma princesa! A sua figura mais parecia com a de uma rainha mal-humorada.

Já imperatriz era mulher-casada – com imperador. E ambos não eram necessariamente belos, mas sempre poderosos.

Daí que a imagem bondosa do nosso Pedro II parecia mais de um rei, que de um imperador. O Pedro I, sim, com aquela espada lançada aos céus – "Independência ou Morte!" – este tinha ares imperiais.

Eram fantasias de uma criança, dos tempos antigos.

...

Hoje – mais precisamente, na última sexta-feira –, vimos morrer um príncipe velho de noventa e nove anos; e marido, e pai e avô e bisavô – o príncipe Philip da Inglaterra. E, diferentemente do que se poderia supor nestes tempos pandêmicos, não morreu de Covid-19, mas de velhice.

Não sou especialista nem curioso da monarquia inglesa, e então nada sabia do marido de Sua Majestade Elizabeth II. Se sei algo da vida e dos hábitos da rainha, é de ler nos jornais.

Mas de ambos tenho imagens gravadas na mente, tiradas da televisão. Ela, majestosamente caminhando a seu real trono ou púlpito, com um colar ao pescoço, que suponho de pérola, e uma bolsa à mão, que, em sendo de couro de animal silvestre, espero seja de suas imperiais florestas, e não proveniente de contrabando. Já ele, em seu terno cidadão-civil, seguindo humildemente Sua (dele) Majestade, a dois passos atrás – um vulto grandalhão, uma verdadeira sombra.

Agora morto, fico sabendo que Sua Alteza o Príncipe, muito longe de encantado, era ser de carne-e-osso, e pleno de humanidades: em particular, tinha um humor que divertia até a sua britaníssima esposa-rainha; em público, cometia gafes politicamente incorretas. Mas não só: foi militar-marinheiro, e, nessa condição, participou da Segunda Guerra; pilotava avião, e pilotando um bimotor, veio a nosso Brasil em 1962.

Não direi que cavalgava e caçava, porque isto é pressuposto de um príncipe, e tem ares de encantamento.

Philip já nasceu príncipe, Príncipe da Grécia e da Dinamarca, neto que era do rei da Grécia. Mas renunciou à sua herança dinástica, para se casar com a então princesa Elizabeth, da grande Bretanha; e então se reduziu a príncipe-consorte, que jamais herda uma coroa. Em troca, recebeu o título de Duque de Edimburgo. Vindo a sua esposa-princesa a ser coroada rainha, o Príncipe consorte e Duque de Edimburgo ajoelhou-se aos pés de Sua Majestade e esposa, e lhe jurou vassalagem – o que pressupunha andar a dois passos atrás de Sua Realeza esposa; e assim andou, conforme pudemos testemunhar pela televisão.

Agora, morto o Príncipe, a Rainha perde não somente o marido e companheiro, mas também o seu primeiro súdito e vassalo. Temo que Sua Majestade não resista por muitos anos a tantas perdas, e em breve testemunharemos a coroação de um monarca inglês – solenidade a que nunca assisti, posto que Elizabeth II foi coroada no longínquo 1952.

Já são sessenta e nove anos de reinado feminino na Inglaterra. E não nos esqueçamos de que a primeira Elizabeth reinou de 1558 a 1603, e a rainha Vitória, de 1837 a 1901!

Isso é que é empoderamento feminino! – Sem trocadilho e sem metáfora.

Não sou monarquista, mas republicano desde os tempos de Plantão. Porém – não me julguem mal! –, confesso que, na semana passada, refletindo sobre a História, abalou-me a crença nas virtudes democráticas republicanas. Levantei a tese de que o machismo impera mais nas repúblicas que nas monarquias: é mais fácil empoderar uma mulher num regime monárquico, que num republicano; é mais frequente coroar uma rainha que eleger uma presidente de república. Vejam: na decantada república norte-americana nunca se elegeu uma presidente, enquanto na monárquica Inglaterra é natural e antiga a coroação de rainha.

Mas este é apenas um argumento para provocar os muitos contrários. Que não venham os nossos nobres deputados e senadores a adotá-lo para nos restaurar a monarquia, pois temo que seja pré-Revolução Francesa, à moda Luís XV; e então haveremos de passar novamente pela guilhotina...

Vive la République!

UM GRANDE VULTO

(24/4/2021)

Nunca pensei que escreveria sobre príncipe e princesa, rei e rainha. Pois eles são personagens da História ou de estória; e eu não sou especialista numa, nem versado noutra.

E, no entanto, vejo-me pela segunda vez a falar de realeza.

É que li nos manuais de literatura e aprendi com os nossos cronistas-mestres que numa crônica – esse menor texto e mais flexível gênero literário – cabe de tudo, desde que brevemente: do mais insignificante fato pessoal, ao mais grandioso acontecimento mundial, real ou fictício, ao sabor e humor do dia ou da semana.

Sei que no Brasil acontecem coisas que também cabem em todos os gêneros literários; e o Coronavírus continua a alastrar em nosso país, exigindo-nos ação e palavra. Mas nem a política nem a pandemia ainda têm o monopólio de nossas vidas. E mortes...

Pois então vou à Inglaterra para falar de sua rainha e seu falecido príncipe.

Se na semana passada falei da morte, nesta falo do funeral do príncipe. E prometo dar por encerrada a minha escrevença sobre essa nobre história.

Àquela altura, da morte, fiquei sabendo que Sua Alteza era homem de hábitos simples, filosofia pragmática e adepto da tecnologia; e, por consequência, em muito contribuiu para tirar a monarquia britânica do romantismo do século XIX, fazê-la transitar pela modernidade do XX, e adentrá-la ao XXI, que ainda não sabemos qualificar.

Pois então o seu funeral foi o coroamento de sua vida. A pandemia, que não lhe causou a morte, contribuiu para que lhe fizessem um funeral a seu gosto.

Foi simples. Tão simples que se tornou deveras solene. E belo. Sem desfile, sem comoção, sem pompas nem circunstâncias. Mas apenas solenidade. Uma solenidade para trinta convidados, parentes próximos: um enterro "familiar", conforme se fazem festas. Familiar, mas público, porque é público tudo o que ocorre na intimidade de uma família real.

Já o velório, que precede o enterro propriamente dito, eu não vi, pois aconteceu no interior do Castelo de Windsor e não foi aberto ao público. Mas estou certo de que foi soleníssimo e simplíssimo. Uma solenidade que durou oito dias e oito noites. Para os mortais simples, geralmente um velório dura o máximo de vinte e quatro horas; e, nesse curto período, não é raro ter momentos de quase ou verdadeira festa: os veladores esquecem o morto e se distraem em conversas animadas em sua presença, ou se afastam dele para ir até não sei onde; e daí a pouco voltam reanimados. Há literatura a respeito.

Conforme já disse, não vi, mas estou certo de que isso não aconteceu no velório de Sua Alteza. Não só porque se deu num castelo e real, mas também porque os protocolos higiênicos/sanitários devido à pandemia – que, ao visto, a família real tem obedecido – não o permitiria.

O que vi foi o curto e breve féretro transportando o corpo de Sua Alteza do interior do castelo à capela de São Jorge, para ser depositado no jazigo real.

O caixão na carroceria de um pequeno veículo, que mais parecia um carro militar para transportar soldados em zona de combate. Ao lado, os filhos e netos do falecido. Atrás, num veículo oficial, sua/Sua Majestade Elizabeth, agora viúva, tendo por companhia apenas uma dama.

Aquele pequeno veículo ao estilo militar era – li nos jornais – um Land houver, cuja adaptação ele projetara à risca, e cuja execução acompanhara e fiscalizara em detalhes – para transportar o seu futuro corpo morto.

Era deveras pragmático e racional Sua Alteza. Soube, também pelos jornais, que ele se desentendia com o seu filho Charles, dizendo ser este "um romântico".

Não gosto de ouvir alguém dizer que fulano é "um romântico". Acho quase um xingamento; e penso comigo: "Ai do mundo se não fosse os românticos!".

Mas agora compreendo Sua Alteza o pai. O romantismo é bom, mas às vezes atrapalha. "Um romântico" até que poderia desenhar o veículo para, um dia, levar o seu corpo à sepultura. Mas, certamente, trabalharia com os olhos em lágrimas, e faria um desenho rico em simbolismos, pleno de salamaleques, mas não funcional. Era exatamente o contrário o veículo que transportou o corpo do príncipe Philip. Dizem que Sua Alteza não esqueceu sequer de provê-lo de um dispositivo que impedisse o sacolejar do caixão. Não que temesse pelo seu corpo, mas que isso quebraria o ritual e perturbaria a solenidade a que se destinava. Pelo que vi e senti, a obra de Sua Alteza cumpriu perfeitamente o fim a que foi planejada.

Só senti falta de uma coisa, mais exatamente, uma pessoa: Sua Alteza.

Aliás, vi. Quando a rainha-viúva encontrava-se isolada em seu assento, enquanto o Arcebispo anglicano celebrava o culto religioso, vi ao lado de Sua Majestade um grande vulto, que só podia ser de Sua Alteza.

ESTANTES DE LIVROS
(30/4/2021)

Que no Palácio do Planalto tem uma estante-de-livros eu já sabia desde a década de setenta, quanto via na televisão os então generais-presidentes dirigindo à Pátria discursos patrióticos, tendo às costas uma monumental estante-de-livros. Bela estante de bonitos livros: ela, de madeira-de-lei escura; eles, de capa-dura e variadas cores, predominando o vermelho! Volumes ao estilo enciclopédia, revista de jurisprudência, obra-completa de não sei que autor. Ou seja, livros que não são bons de ler; porém, os melhores para ornamentar uma estante.

Então vieram Sarney, Collor, Itamar, FHC, Lula, Dilma, Temer – cada um, a seu talento e sua retórica, falando diante daquela estante-de-livros.

Hoje, temos Bolsonaro, que, segundo dizem, fala por meio do Twitter, onde não cabe sequer uma página de livro. Mas esta é uma história que outrem há de explicar.

Voltando à estante-de-livros presidencial.

Aquela é uma estante para engrandecer o poder, ornamentar a autoridade, resplandecer a fala do Presidente. Ou, ingenuamente pensando, para provocar no povo o gosto do livro. Um cidadão que nunca foi amigo de livro, tornando-se presidente, há de posar-se de bibliófilo à Nação.

Porque um presidente-leitor certamente não retira daquela estante os seus livros-de-cabeceira. Eles estarão nalguma estante discreta, na intimidade do Palácio. E serão de menor tamanho, cor mais ofuscada e capa mais flexível.

...

Pois o que eu não sabia é que jornalistas-de-tevê também têm a sua estante-de-livros. Isto, só a pandemia e consequente home-office me revelou. Os jornalistas-comentaristas, porque os denominados "âncoras" continuam em sua bancada oficial, tendo às costas o logotipo da firma. E os repórteres, operários da notícia, continuam nas ruas, nas praças e nos corredores, à cata de notícias; e não podem levar às costas a sua estante-de-livros, que certamente eles também têm em casa.

Mas não só os jornalistas-comentaristas de política, economia, direito, e tudo o mais; também, e principalmente, os cientistas de todos os saberes, os artistas de todas as artes, os intelectuais de todos os ramos, os famosos de qualquer dimensão que, proibidos pelo Coronavírus de irem ao estúdio, de sua residência ou seu escritório, falam à tevê nestes dias pandêmicos – eles também têm a sua estante-de-livros. E digo que a mim elas são mais belas que a presidencial. Porque mais informais e diversificadas. Às vezes, até mesmo caóticas, conforme acontece com uma estante de livros-de-leitura.

Há aquelas estantes de marcenaria simples, e densas de livros de diferentes alturas e grossuras e cores e idades. São verdadeiras estantes de livros-de-leitor: leitor comum ou mesmo estudioso, intelectual. Nelas, se se vê um ou outro objeto decorativo – uma estatueta, uma fotografia, um quadrinho de pintura ou desenho –, isso é apenas um detalhe, um requinte, uma preciosidade, um capricho artístico do amante de livro.

Já outras são repletas de estatuetas, fotografias, quadros de desenho ou aquarela, amuletos, artesanatos em geral. Poucos e esparsos são os livros, e ali estão como parte da decoração da estante, que, por sua vez, faz parte da decoração do ambiente domiciliar. Há até estantes, digamos, ecológicas, onde vasos de plantas misturam-se às peças de arte, e "dialogam" com elas. E há aquelas que não são propriamente estantes, mas prateleiras estilizadas e pintadas, pregadas diretamente na parede.

Não preciso dizer que, no geral, estes – jornalistas, cientistas, intelectuais, artistas e famosos – são mais descontraídos e, geralmente, mais jovens, que aqueles das estantes abarrotadas de livros. Mas não necessariamente menos leitores.

Estou, pois, para concluir que a estante é mais um dos muitos denunciadores da personalidade de seu dono. E, depois de morto, é uma fonte para se pesquisar a sua vida: meia dúzia de livros que seja o espólio é suficiente para se construir toda uma tese sobre o falecido. Não nos iludamos, porém: se há espólios bibliográficos que merecem estudo, que vão para museu, para biblioteca pública ou mesmo fundam uma nova biblioteca, em geral, eles vão para os sebos, se não para a reciclagem de papel, ou mesmo para o lixo.

Mas voltemos às estantes vivas. O que me surpreende e alegra é saber que há muitas estantes-de-livros no Brasil; não somente no Palácio do Planalto, conforme poderíamos pensar. E estantes de livros-de-leitura; não só de ornamento.

Isso justamente quando se dizia que o livro estava com os seus dias contados; quando a moda era reduzir a sua estante ao um tablete; quando as livrarias entravam com pedido de recuperação-judicial e não se recuperavam e iam à falência e cerravam as suas portas – exatamente neste momento, a pandemia faz a televisão abrir-nos a porta da casa de muitos brasileiros, e vemos tantas e tão belas estantes-de-livros.

A ARTE DA INJEÇÃO
(7/5/2021)

A ciência e a técnica são pressupostos de qualquer trabalho médico. É de se supor que, para se chegar às partes do corpo adequadas a uma injeção, foi preciso estudos, pesquisas e experimentos científicos; e não se enfia uma agulha num corpo humano sem lhe causar dano, se não com alguma técnica.

Fala-se também na arte-da-Medicina, principalmente no trabalho cirúrgico, e, mais especificamente, na "cirurgia plástica", cujo nome já o evidencia. Na enfermagem, o engessamento e o curativo podem resultar em verdadeiro artesanato. Mas a injeção é, em si, um trabalho de arte: a arte de aplicar-injeção.

É o que eu venho observando pela tv, nesta época de pandemia.

Nunca tinha observado o ritual de se aplicar uma injeção. Pois (abro parênteses para confessar) sou dos que têm medo de agulha. Entro tenso na sala, e, quando vejo aquela agulha na ponta da seringa em direção a meu braço, viro o rosto para o lado oposto.

E, por falar nisso, também foi agora que eu me atentei para o significado dessa expressão "aplicar injeção": injetar uma substância num corpo animal (pois também se aplica injeção em cavalo, cachorro, etc.). Essa substância pode ser para imunizar ou curar, alimentar ou adormecer o indivíduo. Os casos que se nos apresentam nestes dias de pandemia são de imunização. Contra o Coronavírus.

Mas o que me importa aqui é a arte de "aplicar injeção"; uma arte ritualística – tenho visto todas as noites na televisão.

O cenário é o de uma sala de laboratório ou hospital: frascos em prateleiras e refrigeradores, pia-lavatório de mão, caixas térmicas, etc.;

e o profissional-da-saúde devidamente uniformizado, enluvado e mascarado. Surge um/a cidadã/o em perfil e oferece ao profissional o seu braço desnudado; o profissional pega uma seringa e uma agulha, encaixa a agulha na ponta do tubo da seringa, mantém o instrumento numa das mãos e, com a outra, retira da prateleira um frasquinho contendo a substância medicinal líquida; então, enfia a agulha na tampa-borracha do frasquinho, e suga-lhe uma "dose" da substância; aciona o compressor da seringa, de modo a expelir do tubo o excesso de ar; dá uma sacudidela na seringa, como que para acomodar o líquido no tubo; retira duma caixinha um pequeno chumaço de algodão. E aqui é que se realizará propriamente o ato da injeção, onde a técnica funde-se à arte: O profissional, tendo numa das mãos a seringa, com a outra apalpa a pele do paciente, comprime levemente o seu músculo; posiciona a seringa mais horizontal ou inclinadamente, e... enfia-lhe a agulha naquela parte musculosa do braço, tão rapidamente que não há tempo de sentir dor; e vai pressionando a seringa suavemente, de modo a injetar o líquido imunizante no corpo do paciente; esvaziado o tubo, puxa-o suavemente, extraindo do músculo a agulha; finalmente dá-lhe um puxão rápido, tão rapidamente que, ao sair, a agulha puxa a pele, formando um biquinho. Aí é que se sente a picada, mas tudo já terminou. E então o profissional dá um tapinha carinhoso, de cumprimento, no ombro do paciente: "Pronto, está imunizado!" – E ele sai sorridente: "Estou vacinado!". Contra o Coronavírus, apenas...

E entra "o próximo"; e o profissional repete tudo novamente.

...

Uma coisa que poderia ser objeto de pesquisa nesta campanha vacinatória é a porcentagem da população – não somente do Brasil, mas do mundo inteiro, pois a vacinação é universal – que tem a parte superior do braço e/ou o ombro tatuado. Tenho observado que são muitos.

Sabíamos que, de há muito, fazer tatuagem no corpo deixou de ser coisa de minoria exótica, símbolo de rebeldia, ou mesmo de marginalidade, conforme já foi em tempos remotos. Hoje, são diversas as pessoas que marcam o seu corpo com algum símbolo que lhe é caro, ou algum ornamento que lhe parece especialmente belo: vê-se nas praias, nos locais de descontração ou mesmo em ambientes formais. Mas também sabemos que existem os/as que não mostram a sua tatuagem em público (dizem que há autoridades dos três-poderes com algum símbolo tatuado em parte íntima do corpo). Agora, havendo toda a população de exibir o seu braço/ombro ao profissional-da-saúde, poder-se-ia calcular a porcentagem da humanidade tatuada. Ao menos nessa parte do corpo.

Essa seria uma pesquisa talvez não relevante para a ciência médica, mas de interesse da História e da Antropologia. Ou, ou menos, para daqui a, sei lá, quinhentos anos, as futuras-gerações se divertirem com as nossas tatuagens de hoje.

MUNDO VIRTUAL E TEMPOS VIRÓTICOS

(14/5/2021)

Os entendidos ou crentes da Informática dizem que estamos na Era Digital, num Mundo Virtual. Pois então eu não faço parte desse "nós", porque tudo à minha volta é analógico, físico, mecânico, manual: ainda uso faca e martelo! E também como carne assada em fogo de lenha: numa churrasqueira! Não direi que tenho uma enxada, um machado e uma foice, insubstituíveis para certos trabalhos, porque alguns de vocês poderão não conhecer essas ferramentas, e outros já terão esquecido delas.

Vivo num mundo analógico, mas com um dedo na Era Digital (com perdão pelo trocadilho pleonástico): tenho um aparelho móvel de telecomunicação, popularmente conhecido por "celular". É o suficiente para, num piscar de olhos, caminhar da Idade do Bronze para a Era Digital, no Mundo Virtual onde vivem esses meus semelhantes.

Disse que ainda uso martelo, machado, etc. Porém, não mais aparelho fixo de telecomunicação, ou simplesmente telefone-fixo: só uso o celular. Mas sou preservacionista, então mantenho, numa mesinha no canto da sala, o aparelho fixo, qual um objeto pré-histórico, um fóssil. Não é mais um aparelho de telecomunicação, senão de telemarketing, pois, quando me chama, é para vender, que ele diz "oferecer", remédio rejuvenescedor, plano funerário, investimento financeiro ou imobiliário. Não preciso, não desejo ou não posso comprar! Decididamente, está na hora de eu desligar esse aparelho-fixo e levá-lo para o meu museu pessoal!

A máquina-de-escrever mecânica, há mais de quarenta anos troquei-a por uma elétrica, que não durou mais que dez anos: substitui esta por uma virtual, impropriamente chamada de computador. Não é uma evolução para quem nasceu à luz de lamparina?!

Quanto à máquina-fotográfica, resisti, mas também a aposentei, porque o celular (esse aparelhinho milagroso e viciante) faz-me o seu trabalho com maior eficiência e menor custo, financeiro e temporal. Mas ainda tenho a velha mania de mandar revelar em papel as fotografias, porque – desculpem-me os meus/minhas amigas/os virtuais – álbum-de-fotografia é coisa para se apreciar fisicamente, folheando...

As revoluções civilizatório-culturais acontecem assim mesmo: irregularmente, heterogeneamente. Inventamos a agricultura antes da escrita, mas é possível que muitos indivíduos escrevessem nas paredes de suas cavernas, ao tempo em que se alimentavam de sementes coletadas na floresta. E hoje há quem sabe realizar maravilhas com um aparelho-celular, coisas que, há cem anos, só se imaginava como ficção; porém, ainda não aprendeu a escrever!

Outro exemplo, se me permitem uma reflexão de moralidade banal: já escarafunchamos o nosso planetinha Terra e partimos para a conquista do Universo, mas somos abatidos por um simples vírus.

Os vírus são mais velozes, mais resistentes, mais mutáveis e mais adaptáveis que nós...

Vejamos:

Esse Coronavírus Sars-Cov2, qual um automóvel, a cada ano vem-nos num modelo novo, para nos atacar de modo diverso daquele do ano anterior. E são inúmeros os nossos pontos-fracos. Em seu modelo-2019, causou-nos a Covid-19. E contra ele ainda estamos lutando neste 2021.

Já o vírus ARN causa-nos a mui popular gripe – ou influenza, para os mais eruditos –, que pode ser dos tipos A, B, C e D. A do tipo "A" pode ser de várias espécies. Creio que a mais famosa seja a H1N1, a da "gripe espanhola".

Tenho ouvido os ecologistas, os ambientalistas, os climatologistas, os microbiologistas, os epidemiologistas, os sanitaristas dizendo que isso se deve à nossa invasão das florestas terrestres, onde eles se hospedam em outros animais, sem lhes causar dano, mas, vindo a nosso corpo, pode nos matar. Pois então imaginem se houver vida noutro planeta e interviermos lá?!...

Mas sou dos que acreditam na Ciência e no progresso da civilização humana. Portanto, tenho o meu celular, ainda que em modelo antigo.

E, com a mesma crença, vacino-me contra os vírus: tomei a minha segunda dose de Coronavac!

Estou em minha quarentena de quinze dias, prazo para a "segunda dose" produzir os seus efeitos. Ao término, farei uma festa para comemorar a minha vitória contra o Coronavírus: tomando um cafezinho numa cafeteria, o que há mais de um ano não faço!

Depois, colocarei a máscara para sair à rua e voltar para casa. Ou escreverei em minha testa: VACINADO!

DE MÁSCARA NO QUEIXO

(28/5/2021)

Se não se tornasse necessária para nos proteger do Coronavírus, não saberíamos da utilidade indumentária da máscara, de suas possibilidades estéticas, nem de sua relevância econômico-comercial.

Ficamos sabendo que, esteticamente, a máscara pode ser: quanto à forma – plana ou piramidal; quanto à amarração – nas orelhas ou na nuca; quanto ao estilo – convencional ou caricato; quanto à estampa e à cor, ao desenho e ao símbolo – inúmeros!

Já econômica-comercialmente falando, a máscara classifica-se: quanto à fabricação – industrial ou artesanal; quanto ao material: natural ou sintético; quanto aos locais de venda: nas farmácias-e-drogarias, nos supermercados, nas lojas em geral, nas bancas de jornal e em quaisquer lugares.

De forma que, além de proteger as pessoas contra o Coronavírus, a máscara embeleza o seu usuário, aquece a economia e movimenta o comércio.

E eu vinha observando que as partes do corpo que a máscara pode cobrir são: boca-nariz ou queixo. Sabemos que a máscara na boca-nariz, seu uso originário, tem função higiênico-respiratória. Já a máscara no queixo... esta me intrigava. Cogitei que houvessem exaurido as possibilidades estéticas da máscara boca-nariz, e então a baixaram ao queixo, transformando-a, consequentemente, de peça respiratório-sanitária a vestuário-estética.

Obviamente, não me refiro àquelas autoridades que, por inabilidade ou negacionismo, colocam atabalhoadamente a sua máscara, e então ela fica abaixo das ventas e cobrindo parcialmente o queixo. Não se trata também daqueles mórbidos infratores que trocam toda a sua vida por uma noite de prazer, em suas festas clandestinas e promíscuas. Mas, por medo da Polícia, colocam uma máscara no queixo, fingindo que cumprem a norma sanitária.

Certo é que também eu via gente trabalhadora e em trabalho, de máscara no queixo. Mas isto – estava óbvio – era porque a atividade exigia movimentos que acabavam por desajustar a máscara, e levá-la da boca-nariz ao queixo.

Refiro-me àqueles/as cidadã/os que usam urbanamente as suas muitas e bonitas máscaras em situação que não é de balbúrdia nem de trabalho. E, ao saírem de casa, escolhem aquela que melhor combina com o vestuário, e encaixam-na bem sobre o nariz e os lábios. Mas, em dadas circunstâncias, descem-na glamourosamente ao queixo.

Andando pelas proximidades ou circulando de carro pela cidade, observava esses/as cidadã/os de máscara no queixo. Cheguei a suspeitar que fosse uma rebeldia ao protocolo da máscara, à ordem "Use máscara!". Depois, melhor observando-os, formulei hipótese exatamente contrária: é uma tão forte aderência ao uso da máscara, que se dão o luxo de fazer da norma uma estética; da obediência, um glamour; do incômodo, um prazer.

Com efeito.

Eram cidadã/os aparentando-se do-bem e da-ordem, que vão a seus lazeres quando e como permitem as autoridades-sanitárias. Mais precisamente falando: os vilamadalenenses em seus lazeres lúdicos; os butequeiros em suas diversões camaradas; os avenida-paulistenses, os farialimers, os remanescentes do vínculo-formal-de-trabalho em seus happy-hours corporativos – à porta ou nas áreas-abertas dos estabelecimentos, com os seus copos de shop ou garrafas de cerveja em punho, e... a máscara no queixo.

É uma indumentária, uma nova estética?...

...

Nesta última sexta-feira, tendo completado a minha quarentena pós-segunda-dose-de-vacina, fui – conforme prometera a mim mesmo

– comemorar esse evento, tomando um cafezinho numa cafeteria. Era um desses estabelecimentos de ampla área externa, e que também vendem bolo, doce, sorvete e salgadinho, mas não chope nem cerveja. E não era hora de lazer nem diversão nem happy-hour, pois não passava das quatro horas de uma sexta-feira de trabalho. De forma que não se via ninguém de pé com copo ou garrafa à mão, mas todos acomodados às mesinhas, devidamente distanciadas entre si, como se tomassem prematuramente um chá-das-cinco.

Esperei que desocupasse uma mesinha adequada a um solitário. Sentei-me solenemente (era um ritual comemorativo!) e pedi um cafezinho, um cafezinho-simples. Só quando fui levá-lo à boca é que me dei conta de que haveria de descer a máscara ao queixo. Então, olhei em volta e vi toda uma classe de gentes de máscara no queixo. E pensei comigo: "O que vão pensar os/as meus/minhas/ amigo/as que passarem na rua e me verem de máscara no queixo?...".

DO CONTATO AO CHOQUE SOCIAL
(4/6/2021)

Esse Coronavírus é um demônio; o isolamento-social é a cela a que ele nos recolhe em seu inferno.

Dito isso, digo o contrário: o distanciamento-social tem lá as suas vantagens. E não são poucas.

Não gosto de listas, porque elas são sempre arbitrárias, excessivas e incompletas. Mas cito algumas das vantagens do distanciamento-social, as mais comentadas: a possibilidade de uma maior introspecção e consequente encontro consigo mesmo ou conexão com o seu deus; mais tempo para leitura e inúmeras atividades agradáveis e possíveis de serem realizadas na solidão; economia de dinheiro para uma eventual viagem futura ou compra disso e daquilo. Não direi da vantagem aos micros ou macros empresários dos fármacos, vinhos e destilados em geral, que, segundo dizem, têm aumentado o seu faturamento no isolamento-social, não o direi porque me parece antiético e politicamente-incorreto propagandear este benefício.

Porém, meus/minhas amigos/as, o que acho que de mais precioso esse distanciamento-social tem nos economizado é a tal energia-emocional. Ouvia falar de energia-emocional, mas não me preocupava com esse capital-humano. Pois agora me dei conta de que, distanciado socialmente, eu vinha economizando energia-emocional. E só percebi isso depois que, tendo recebido a segunda-dose de vacina, saí à rua.

O “contato-social”, mais que o trabalho, exige-nos energia-emocional; e, minguada esta, ficamos estressados; e o estresse pode nos levar a atrito, e atrito, a choque (social). Eis a minha lição de autoajuda, coisa que também aprendi no distanciamento-social: ao sair do isolamento, cuidado com o contato-social!

Um encontro inoportuno na rua; uma conversa atravessada na fila-de-banco; um erro quanto ao lugar de assento na aeronave; um cochicho na sala de cinema; um incidente qualquer no restaurante; uma negociação com o vendedor de seja lá o que for – tudo isso e muito mais são contatos-sociais que nos consomem energia-emocional, que nos estressa, o que pode causar atrito e mesmo choque-social.

E isso porque somos seres-sociais...

Vínhamos adiando compromissos ao longo da pandemia. Mas agora, ou por nos sentirmos relativamente protegidos do Coronavírus ou porque as soluções tornaram-se inadiáveis, saímos à rua, ao comércio, à luta, e, consequentemente, nos expusemos ao contato-social. Então, constatamos o que já sabíamos desde sempre: “o ser humano somos complicados”.

Certo é que, de nosso isolamento-social, mantínhamos contado com os nossos “semelhantes”, e nem sempre eles fluíam suavemente. Reclamávamos das redes sociais, dizendo que elas incentivam a liberação do “pior dos sentimentos humanos”, que é o ódio. E incomodávamos com as “palavras de ódio” nas redes-sociais. Mas tudo era à distância virtual. Agora, as ofensas são presenciais e podem ser até mesmo físicas.

E se a Internet, com a sua virtualidade, é universo propício ao estelionato, os estelionatários também se servem das possibilidades do contato-físico/pessoal para nos manipular, enganar e praticar as suas fraudes.

Há manipulações que somente as sutilezas da contato-físico, do relacionamento-social, da conversa-pessoal permitem acontecer. Pois elas se fazem não somente por palavra, mas, principalmente, por silêncio, resmungo, gesto, olhar, tom-de-voz, que contêm mais significado que as palavras. E nos consomem mais energia-emocional, causa-nos mais estresse, dói-nos mais que um xingamento ou uma palavra-de-ódio virtuais.

Paro aqui.

Encerro com uma classificação – de que também não gosto, porque geralmente as classificações, além de arbitrárias, excessivas e incompletas, também são injustas. Mas vai esta.

Os estelionatários podem ser grandes ou pequenos. Os grandes são simplesmente grandes estelionatários. Já os pequenos podem ser: por algum freio moral que não os permite ir além; por limitação mental, que não lhes permite elaborar grande artifício. Mas não descarto a possibilidade de haver uma quarta espécie, formada pela combinação destas duas últimas.

E já que estamos em época virótica, diria que o estelionatário é um vírus em permanente mutação.

NOVO-NORMAL
(23/7/2021)

Sou eu que não tenho escutado ou é que já não se fala em novo-normal como há alguns meses?

Creio que foi lá pela metade do ano passado, quando a pandemia ainda era um fenômeno em alta que nos assustava a cada dia, e mudava a nossa rotina e nos impunha novos hábitos, e nos obrigava ao isolamento e causava solidão, em tempos de quarentena – foi por essa época que estávamos crentes de que, passado o fenômeno, teríamos uma nova cultura, que se convencionou chamar de novo-normal.

Hoje, com uns dezessete por cento de nós plenamente vacinados contra o Coronavírus, e a esperança de que este túnel terá fim, hoje se fala em distanciamento-social. E se o pratica frouxamente. Nas ruas e praças, nos bancos e nas lojas, nos bares e restaurantes, o fluxo de gentes já parece normal. É certo que, para se sair de casa, ainda se usa máscara respiratória, e, até aonde se pode ver, persiste o hábito de higienizar as mãos com álcool em gel, que se oferece em frasco à porta de elevador, à mesa de recepção, ao balcão de estabelecimento comercial. Porém, além disso, pouco se vê diferente do que havia na era pré-Coronavívus.

Ao começarmos a voltar à normalidade, vamo-nos esquecendo da promessa do novo-normal, e retornando ao velho normal. Suspeito que, atravessado este túnel, veremos uma paisagem muito semelhante, se não igual, à que deixamos ao entrar nele.

Talvez continuaremos a usar máscara respiratória e higienizar as mãos com álcool em gel nalgumas circunstâncias e por algum tempo. Possivelmente, esses e outros pequenos hábitos enraízem-se nalguns de nós. Mas isso é o que acontece ordinariamente no processo civilizatório, lentamente, irregularmente. E sempre há um terremoto, uma tempestade, uma guerra, um vírus qualquer para nos causar um susto e apertar-nos o passo: o Coronavírus será mais um.

E é provável que, por força da pandemia, adquiramos algum novo hábito de trabalho e lazer, descubramos novas formas de ganhar e gastar dinheiro, com o incremento do uso da Internet. Mas, antes do Coronavírus, isto já era previsto; dizia-se que era fenômeno inevitável.

O que eu queria ver era aquele novo-normal, aquela nova-cultura, aquela sociedade-futura: uma nova fase civilizatória. Queria sentir a mudança de nossas sensibilidades, nossos afetos, nossa moralidade, a ordem de nossos valores – de que se falava no auge da pandemia.

Possivelmente, também restará algo disso, superficial e breve. Para alguns pouquíssimos, poderá até mesmo ser profunda e permanente essa mudança. Mas, tudo somado e dividido, não resultará uma transformação sociocultural que caracterize uma nova fase civilizatória, que abra um novo capítulo em nossa História, conforme otimistamente se imaginou.

O certo é que esse Coronavírus levará alguns dos nossos e nos deixará algumas sequelas: físicas e psicológicas, econômicas e sociais, políticas e culturais, que serão diluídas ao longo do tempo, enquanto outras se formarão...

É assim que caminha a humanidade...

JOGOS OLÍMPICOS E OUTROS JOGOS
(13/8/2021)

Sei que muitos poderão não acreditar, ou pior, acreditando, me condenarão. Mas confesso: não assisti a nenhum jogo das Olimpíadas de Tóquio, que, suponho, acabam de terminar (ia dizendo "acabaram de acabar"...).

Não por desprezo ao esporte. Reconheço os seus benefícios à saúde e à sociabilidade, e, por que não?, à Economia e à Política. Não o pratico é por falta de tempo...

Ficando apenas na Política, já seria um bom motivo para eu assistir às Olimpíadas, ao menos nas disputas em que o Brasil competisse. Porque "torço pelo Brasil". Verdade! Jamais, em qualquer matéria, tempo ou circunstância, seja qual for o adversário, torci "contra o Brasil". Em futebol, desde a Copa de 70, sou um torcedor de nossa Seleção.

Mas não sou um torcedor profissional nem radical. Sou amador e moderado. Se torço incondicionalmente pela Seleção Brasileira é porque não conheço as regras dos campeonatos nem as nuances das disputas, de modo a saber que "desta vez, merecemos perder", ou "é melhor perder agora para...", conforme, por vezes, dizem os entendidos das tabelas de jogos. E, se a disputa é externa, internamente, me somo ao adversário para torcermos pelo "nosso" país. Não é alienação nem patriotada: é porque sei que, lá fora, eles também se entendem para nos vencer.

Mas, com tudo isso, não assisti a nenhum jogo das Olimpíadas de Tóquio. Refiro-me a assistir pela televisão, porque presencialmente: a) tenho preguiça de ir a estádio; b) o Japão fica muito distante; c) estou impedido, pelo Coronavírus, de viajar.

Apenas liguei o meu botão de torcedor no início, para desligá-lo ao final dos jogos. Quando o Brasil competia, eu só ficava sabendo do resultado no dia seguinte, por meio das redes-sociais; ou na noite, pelo noticiário da tv. Se não, perguntava a meu filho se tínhamos ganhado, e nem sempre a resposta era a desejada.

Não atribuo a minha ausência à torcida em tempo real ao fato de os jogos no Japão serem noturnos para nós brasileiros. Suponho tenha havido alguns deles em horário em que eu ainda estivesse acordado. Mas essa era exatamente a hora de eu me inteirar do noticiário relativo aos jogos da noite anterior. E também do jogo-político-nacional do dia que findava: Executivo x Legislativo x Judiciário! Este jogo, o dos "Três Poderes", é mais emocionante que os das Olimpíadas. Porque mais imprevisível, já que, nele, todas as regras podem ser quebradas. E ainda: nele, o juiz (vulgo STF) pode sair da lateral, adentrar o campo e competir com os dois outros times. Portanto, é perigoso, perigosíssimo, o "jogo de poderes"... Não existindo árbitro no jogo dos Três Poderes, resta a nós torcedores (vulgo "cidadãos") torcermos para que os jogadores tenham juízo...

Mas, voltando às Olimpíadas de Tóquio.

Indiscutivelmente, para mim – e creio que para boa parte dos brasileiros –, o esporte-revelação foi o skate; e a atleta foi a Rayssa Leal, a Fadinha. Aquilo que, há talvez uns trinta anos, era uma brincadeira censurada, agora é um esporte olímpico! Aquela que, em época recente, seria vista como uma menina malcomportada, hoje é uma heroína, uma fada, a nossa fadinha Rayssa Leal! E saber que uma menina de treze anos já tem uma disciplina atlética! E ver uma noviça adolescente nos representando tão bem lá fora! A sua prata vale ouro, muito ouro, Fadinha Rayssa Leal!

Mas eu ainda queria falar de outros esportes olímpicos: a esgrima e o boxe. Ambos têm algo de primitivo. Porém, enquanto a esgrima é estética, cortejo, encenação, o boxe é matéria, força, ação. Definitivamente, o boxe não é um esporte belo, conforme – perdoem-me – os boxeadores não são propriamente elegantes.

Mudemos para a ginástica, em suas modalidades artística, rítmica e de trampolim. Esta, sim, é bonita de se ver. Nela, o esporte casa-se com a arte da dança...

Abro parênteses para dizer (pois não quero dar minha cara a bater) que não vejo arte no futebol (à exceção de um ou outro jogador); e nem extraordinária destreza ou força física nos futebolistas. Acho-o, mesmo, um dos mais simplórios esportes. Suas regras, complexas e que fogem a meu domínio, é que fazem dele um esporte admirado no mundo inteiro.

Já levantamento de peso parece-me um esporte muito parado...

Interessantes esses Jogos Olímpicos. Há alguns que têm ares pré-históricos (ex: tiro com arco); outros são tão modernos que só agora chegaram a meu conhecimento (ex: o tal badminton – mais uma invenção dos ingleses).

Caso interessante é desse tal "wrestling". O nome faz crer que se trata de uma recente invenção norte-americana. E, no entanto, li que é um esporte pré-histórico; o mais antigo esporte humano. Esteve presente nas olimpíadas da Grécia e de Roma. Por que nos é vendido com esse rótulo inglês?

Falando de civilizações contemporâneas, ao lado dos ingleses, talvez sejam os japoneses os maiores inventores de esporte: caratê, judô, sumô – aquele em que os atletas são "gordinhos" e se vestem com uma espécie de fralda.

E volto ao skate. Qual a ginástica, o skate combina a destreza física com o talento artístico. Só vi a nossa Fadinha no noticiário da tv, e, portanto, em seus "melhores momentos", mas dificilmente algum outro esporte oferece ao seu praticante oportunidade para lances tão belos.

Foram momentos de tamanha beleza, que até parece que o Coronavírus parou de nos molestar para ver a Fadinha brincando em seu skate.

QUASE-NORMAL
(3/9/2021)

Acho que já li nalgum lugar, mas não me lembro onde, e agora não posso procurar; então, digo por minha conta e risco: A Primeira Guerra Mundial foi a última guerra romântica. Melhor diria tradicional: travada em terras e mares, com soldados no fundo de trincheiras. E ainda havia cavalos...

Pois a Segunda já subiu para os ares, e terminou com a bomba nuclear dos Estados Unidos sobre o Japão.

Certo é que a Guerra do Vietnã inspirou belas canções românticas, movidas pela "revolução cultural". Mas aí o romantismo era, exatamente, contra a guerra.

Já a Guerra Fria, também mundial, não foi disputada em terras, mares ou ares, mas nas mentes das pessoas. O seu campo de batalha foi os bastidores de palácios e porões de quartéis, agências de informação e contrainformação, e foi travada nos meios de comunicação. É certo que inspirou conflitos armados mundo afora e matou muita gente, mais ou menos inocentes; porém, os seus protagonistas principais (USA e URSS) não pegaram em suas armas, que eram atômicas.

E por isso não houve a Terceira Guerra Mundial, que se temia ser a última das guerras, porque a todos nós mataria. Não se realizou, conforme estamos aqui para provar. E continuar guerreando...

Então, vieram as guerras para acabar com a Guerra: destruir os arsenais-de-guerra (especialmente atômicos) dos inimigos menores; já que os maiores se respeitam/temem.

Assim é que houve a Guerra do Iraque, mais exatamente, a guerra dos USA no Iraque. Mas não foi encontrada a bomba nuclear que se dizia que Saddam Hussein escondia.

Quanta guerra, meu Deus! O animal humano não vive sem guerrear.

Há mais de três mil anos houve a Guerra de Troia, e até hoje falamos no Cavalo-de-Troia, e se utiliza "cavalo-de-troia" para disfarçar ataque a inimigo...

Muito tempo depois, houve a Guerra dos Cem Anos, que, em verdade, durou 116 (1337-1453); e recentemente tivemos a Guerra dos Seis Dias, que durou exatamente 6 dias (5-10/6/1967).

Fala-se em guerra-justa, e mesmo em guerra-santa.

E dizem que a guerra estimula a ciência e causa progresso.

Guerra e civilização andam de mãos dadas. Não é por outro motivo que, à frente das guerras, sempre está o reino, o império, o Estado, a civilização mais "evoluída" da época. Atualmente são os Estados Unidos. Já foram os romanos, os ingleses, os franceses...

Mas hoje, com a bomba atômica, todos os países que têm essa arma têm poder sobre o mundo. E são muitos os que a fabricam, confessadamente ou não. Daí – dizem os analistas – porque ninguém será louco para iniciar uma guerra atômica. Mas diz o ditado que há louco para tudo...

O que se tem por mais possível é uma guerra biológica, que se pode fazer mais silenciosamente: nela, o átomo explosivo é substituído por um vírus sorrateiro.

E então surge o Coronavírus. Criamos suspeitos.

Mas nos tempos em que era impossível uma "guerra biológica" também surgiam vírus pandêmicos; e, semelhantemente à guerra, a pandemia matava muita gente.

Também semelhantemente à guerra, a pandemia nunca teve a sua origem bem determinada. Já foi atribuída a Deus (castigo) e ao diabo (maldade). Hoje, em tempo de economia-globalizada, suspeitamos do concorrente (ambição).

Mas, dada a pandemia, muita gente-boa vê nela uma oportunidade de ganhar dinheiro.

E há os otimistas: acham que a pandemia é uma oportunidade para mudarmos os nossos valores morais; e então sairmos dela melhores do que nela entramos.

No auge desta Covid-19, ouvia-se muito falar que, ao fim, teríamos um novo-normal, melhor que o velho.

Porém, agora que ela começa a ceder-se e nós começamos a voltar ao normal, quase nada de novo se vê pelas ruas, além de máscaras nos rostos. Por enquanto.

É certo que os cientistas criaram vacina contra o vírus, e muitos de nós aprenderam a gravar "live", a ministrar ou assistir aula virtual, a fazer compra pela Internet, a trabalhar à distância. Mas é pouco, muito pouco, em comparação às perdas e aos estragos deixados pelo Coronavírus.

Guerra e pandemia nunca prestam.

SAUDADE
(10/9/2021)

Disse que, na medida em que o Coronavírus vai-se recuando e nós voltamos a ocupar os espaços-públicos, a diferença imediatamente percebida em relação à época pré-pandemia é a máscara no rosto de nossos semelhantes.

E aqui abro parêntese para dizer que essa diferença é significativa: significa medo do vírus, cuidado consigo e com o próximo. Porque o inimigo invisível ainda ronda entre nós, e não se sabe em quem ele pode estar escondido.

Daí que "usar máscara" é u'a moda politicamente-correta, no literal e bom significado desta expressão. E bonita a meus olhos.

Mas, continuando o que ia dizendo.

Depois de um ano e meio de prisão-domiciliar, concedi-me um alvará!

Porém, não um alvará-de-liberdade, liberdade plena. Que ainda não me permito ir a balada, show, jogo de futebol, passeata, comício ou ato-público em geral; nem mesmo a cinema ou teatro, sequer a concerto musical – as aglomerações-de-gente mais ordeiras. Um alvará para ir a shopping, obedecidas algumas normas, intituladas "protocolos", dentre as quais, o uso de máscara-higiênica, que corresponde, mas não se assemelha, à tornozeleira-eletrônica do criminoso.

Conforme se sabe, a prisão domiciliar – a ela fui condenado pelo Coronavírus – a prisão-domiciliar permite ao presidiário-domiciliado sair de casa durante o dia e circular em seu município, sem adentrar bar ou qualquer estabelecimento de diversão – são regras de praxe. Mas pode haver outras proibições e permissões. E também autorização especial para viajar, pelo Brasil e até mesmo ao exterior.

Não precisei viajar pelo Brasil nem ir ao exterior neste último ano e meio. Mas, tão somente, uma vez por semana, a um município vizinho – ao que estava autorizado ir, em endereço certo-e-determinado e sem me encontrar com estranhos.

E também podia sair à noite para circular de automóvel pelas ruas de minha cidade, desde que não saísse do veículo para me encontrar com desconhecidos.

A estabelecimento comercial só podia ir para comprar o necessário: alimentação e eventual remédio. E, óbvio, máscara para cobrir as vias respiratórias e álcool-em-gel para higienizar as mãos.

A pena pela infringência dessas normas iria desde o confinamento num quarto domiciliar, até numa UTI hospitalar. Podendo chegar, mesmo, à morte!

De início, a minha prisão seria por quarenta dias, daí porque a chamaram de quarentena. Mas, conforme também se decreta a certos criminosos, em meu caso ficou estipulado que, em verdade, a prisão era por prazo indeterminado: ao término da quarentena, seria avaliada a necessidade de sua prorrogação, e assim sucessivamente. É o que houve.

Mas agora, conforme já dito, depois de 1 ano e 6 meses chamados eufemisticamente de distanciamento-social, concedi-me um alvará de ressocialização-relativa, e com ele fui a um shopping.

Em lá chegando, subi direto à praça-de-alimentação. E almocei num restaurante-por-quilo! Que "experiência" prazerosa! E senti saudade de um tempo quando comer em restaurante-por-quilo era simplesmente uma solução pragmática.

Sim: senti-me um presidiário que, ao sair da prisão, maravilha-se com coisas que antes faziam parte de um cotidiano vulgar. E esse maravilhar-se com algo que, antes, passava/passou despercebido causa um sentimento de... saudade. É o que senti: saudade de há um ano e meio atrás.

Para aumentar a saudade, depois do almoço fui tomar um café numa cafeteria. E, enquanto degustava o "expresso" e rodava o pires sobre a mesinha, refletia sobre o presente.

Depois, saí do shopping e fui zanzar pelas ruas em seu entorno. Tal qual um ex-presidiário, senti-me meio perdido na multidão, estranhando os meus semelhantes e a mim mesmo. Não reconhecia o "eu" que ali estava, naquele de há um ano e meio atrás.

Então, parodiando Machado de Assis, pensei: Mudou a rua, mudaram as pessoas ou fui eu que mudei nesse um ano e meio. E concluí que mudei eu: estou três anos mais velho que há um ano e meio atrás.

A CULPA É DO CORONAVÍRUS

(24/9/21)

Estou me sentindo envergonhado: cometi reiteradas infrações!

Mas calma! São infrações de trânsito, e leves: dirigi a mais de 50 quilômetros por hora em via pública, onde o máximo permitido era esta velocidade.

Dirão: se se sente envergonhado disso, por que o divulga? – Porque, antes de envergonhado, sinto-me culpado, e o confesso publicamente para expiar o meu sentimento de culpa, ainda que, em realidade, eu não seja culpado, conforme verão.

Mas hei de pagar pelo meu ato, pagar multa. E temo chegar aos pontos que levem à suspenção de minha habilitação para dirigir automóvel por não sei quanto tempo. Aí será uma pena, se não de privação, de limitação de minha liberdade de locomoção. Que constrangimento doloroso!... Não quero sofrê-lo antecipadamente. Por hora, basta a pena-pecuniária, que já está doendo em meu bolso, com perdão pela expressão banal.

Então, vamos aos fatos.

Antes, porém, quero explicar-me a vossas excelências: Sou um motorista experiente, prudente, cauteloso, antes medroso que temerário; um motorista que não para em faixa de pedestre nem avança sinal vermelho, evita disputa com outro motorista, preferindo ceder-lhe a preferência e, se xinga o concorrente desleal, o faz de modo politicamente-correto e em voz baixa, para que ninguém ouça; um motorista que nunca atropelou pedestre e jamais bateu em veículo alheio, mas, ao contrário, sempre o seu que é batido por outro.

Certo é que já cometera uma ou outra infração de trânsito. Mas só quem não dirige jamais cometeu.

Porém, agora, chegam-me diversas notificações de várias infrações num curto espaço de tempo: dirigir a mais de cinquenta quilômetros por hora, à altura do número "x" de certa avenida desta cidade de Piratininga. Foram cometidas no já passado ano de 2020.

Mas como, se exatamente naquele período eu me encontrava recluso em casa, por conta do Coronavírus?

E aí é que está a questão e sua explicação: Mesmo socialmente isolado, saí de casa, sim, algumas vezes, por necessidade ou simples recreio; passei naquele local, não nego; e, ao visto pelas notificações e minha lembrança, todas ou quase todas as vezes que ali passei, levei uma multa por excesso de velocidade...

Mas você não é um motorista experiente, prudente, respeitador das normas, etc? – estarão se perguntando, por suporem que eu não tenho a resposta.

Tenho, e ela é simples: Talvez, antes do Coronavírus, o limite máximo de velocidade ali já fosse 50 km/h; mas, aquele trecho daquela avenida estava sempre congestionado de veículos, de tal forma que não era preciso atentar-se para o limite da velocidade permitida pela norma, porque ali se passava quase parado. Mas o Coronavírus, ao nos condenar ao recolhimento domiciliar, também retirou das ruas os caminhões, os veículos coletivos e individuais; e a avenida ficou livre. Então, em minhas saídas eventuais, pressupondo a velocidade-padrão máxima de 60 km/h em vias urbanas, eu passei por ali a 51, 52, 53... 59 km/h. E com isso fica demonstrado que sou, sim, um motorista prudente: numa avenida livre, dirijo, conforme dirigi, a uma velocidade máxima de 59 quilômetros por hora!

E fui multado.

Porém, o maldito Coronavírus ainda me causou outro mal: determinou o fechamento da repartição-pública, e assim impediu que eu fosse logo notificado da primeira infração. Consequentemente, mantive-me no equívoco quanto à "velocidade máxima permitida" e, inadvertidamente, re-reincidi na infração. Só agora, passados alguns meses, quando o peste vai-se retirando de campo e a repartição voltou a funcionar, é que sou notificado de infrações cometidas há quase um ano...

E eu que defendo a rigidez das normas de trânsito e o rigor da punição aos motoristas infratores...

Infringi a lei, o decreto, a portaria, a placa, o sinal de trânsito; talvez, terei infringido a própria Constituição Federal, a nossa Carta Magna – não posso negar. Mas, Excelências, a culpa não é minha: é do Coronavírus!

SOBRE A COVID-19/20/21...

(5/11/2021)

Pretendo seja esta a minha última crônica. Não diria sobre pandemia, porque a peste sempre acompanhou a humanidade (ou, mais amplamente, o animal); e ouve-se falar que, provavelmente, ela vai se tornar mais frequente. É possível. Mas, ainda assim, sou otimista: "acho" que, pesados os malefícios e os benefícios decorrentes do "progresso", sempre nos resta um saldo positivo. Imaginemos o estrago que uma Covid nos causaria há dois séculos: Covid-1819!

Segundo escuto dos muitos especialistas das diversas especialidades pertinentes, não nos livraremos de uma vez desta Covid-19, nem mesmo com a "terceira dose de vacina", que hei de tomar. Ela nos perseguirá, intermitentemente, pelos próximos anos, variando de espécie para contornar a nossa imunidade; e então novas doses de vacina haveremos de tomar: quarta, quinta, sexta...

Hoje, nas estatísticas, o Coronavírus parece derrotado. Ao ouvirmos dizer que, "nas últimas 24 horas", ele infectou menos de quinze mil brasileiros, e menos de trezentos foram mortos por ele – ao ouvirmos isto, temos a impressão de que a guerra, se não vencida, está em seus últimos dias; e já podemos começar a nos retirar das trincheiras, guardar as armas e remover os escombros. Mas então sabemos notícia de um amigo ou colega que há muitos anos não vemos: "Morreu de 'complicações decorrentes da Covid-19'"... Cai-nos uma nuvem espessa, e a pandemia volta ao nosso horizonte.

Continuamos sujeitos a esses abalos, pois o inimigo permanece em campo. Será impossível silenciar-se sobre ele. E aí vem o Carnaval, que certamente o trará à discussão entre autoridades políticas e sanitárias, e possivelmente o cantará na avenida...

Mas o que eu disse é que não pretendo mais falar sobre Covid-19 "desta" forma.

Chega! – Ouço uma voz me advertindo –. Afinal, já estamos no final do ano de 2021, e essa Covid é do ano 2019! Deixe-a para os historiadores. Ou melhor: jogue-a no lixo da História! E siga em frente!

PASSAGEM DE ANO
(17/12/2021)

E 2021 vai se tornando ano-passado. Quem ainda usa em sua mesa aquele caderno-agenda já pode ir retirando-o para o arquivo-morto. Pois, se ainda não chegou, em breve lhe chegará a "agenda-2022". O mais provável é que ela já esteja na mesa-de-trabalho, e vem sendo preenchida, enquanto a "2021" tem os seus compromissos quitados ou cancelados.

Eu, no tempo em que tinha agenda, esta época do ano (meado de dezembro) era a mais perturbadora para mim: não sabia se ainda estava no ano presente ou se já vivia o ano próximo. Aquelas duas agendas na mesa me incomodavam: não via a hora de terminar o ano moribundo, para levar a sua agenda ao arquivo-morto e me concentrar no ano-novo. Até que...

Mas já superei esse dilema. Hoje, não tenho "agenda". E, se tenho algum compromisso que não seja o café-da-manhã e o telejornal da noite – se tenho marcado um café com amigo/a, uma conversa qualquer ou uma vacina a tomar, anoto o compromisso num pedacinho de papel, que é descartado assim que passa a data. E chega de arquivo, morto ou vivo. Há mais de dez anos procuro organizar/descartar o que já acumulei pela vida afora.

Mas não é disso que quero falar; é do futuro, do ano vindouro: 2022!

Dois mil e vinte e dois será um ano-histórico, diria o conselheiro Acácio; e, morto que está o conselheiro, digo eu: 2022 vai ser histórico.

Senão vejamos.

Será ano de Copa-do-Mundo, e, para nós brasileiros, será ano de eleição presidencial, governamental, senatorial e deputatorial.

Não digo que será ano de carnaval porque isto, de regra, temos todos os anos e o ano inteiro. E, pelo que tenho lido e escutado, Coronavírus, em seu modelo Ômicron estragará a festa do Momo-2022.

Fiquemos, pois, com as eleições-brasileiras e a Copa-do-Mundo. E querem mais?! Potentes em si, o futebol e a política combinam-se e completam-se e potencializam-se nesta terra brasílica; se coincidem em copa e eleição, explodem.

Em 2014, isso aconteceria com perfeição. Porque, sendo ano-de-eleições, a Copa seria, conforme foi, disputada em nosso-país: estádios a serem construídos, obras diversas a serem realizadas. E dinheiro circulando a rodo; dinheiro para encher o bolso dos mais exagerados políticos (Sérgio Cabral...), e o cofre dos mais insaciáveis consultores, construtores, empreiteiros. Pena que o 7 x 1 dos alemães entalou nas gargantas patrióticas e impediu o grito-da-vitória. O resto compete ao Supremo Tribunal...

Mas a Copa do próximo ano será em terras árabes: Catar. Portanto, falta a nossos políticos/empresários a festa da construção. E, dado que no Catar não se faz eleição – porque lá vige a monarquia absoluta, hereditária, que aspira à eternidade –, isto posto, creio que o interesse na Copa naquele país é para consagração da autoridade, de que todo soberano precisa – xeique, rei ou presidente.

Não tenho dúvida de que será rica, grandiosa e majestosa a copa catariana. Porque aquele é um país onde o dinheiro nasce no mar e na terra: em forma de pérola, petróleo e gás; e, com dinheiro, tudo se ergue sobre a terra. E uma Copa-Mundial é uma excelente oportunidade para se construir um estádio-monumento, que supere todos os que já se construíram antes neste planeta.

O que não sei é se os nossos empreiteiros/construtores multinacionais, hoje um pouco quebrados, estão trabalhando no Catar. Há algum tempo eles andavam em obra por aqueles orientes.

Também não sei como os nossos políticos, especialmente os que vão disputar as eleições-presidenciais, poderão ganhar dinheiro para as suas campanhas com uma Copa-do-Mundo em terra estrangeira. E, para azar deles (ou talvez sorte, porque nunca se sabe se teremos mais um 7 x 1), a Copa-2022 acontecerá depois de realizadas as nossas eleições, devido ao calor que faz por lá no período de nosso inverno. Portando, os nossos candidatos-presidenciais também não terão oportunidade de subirem ao palanque vestindo a camisa-da-seleção-brasileira.

A nós, simples-cidadãos/torcedores que não construímos estádio nem disputamos eleição-presidencial, resta-nos a oportunidade de viajar ao Catar. Suponho que muitos já estarão pagando os seus planos-de-viagem, adquirindo os seus ingressos aos jogos x, y, z. Eu, que sequer sou um bom torcedor, aceitaria uma passagem de ida-e-volta, mas desde que sem a contrapartida de assistir a uma disputa futebolística. E com a hospedagem e tudo o mais pago nalgum hotel cinco-estrelas. Preferencialmente, o Mondrian Doha, que, segundo li, é o mais xeiqueriano daquele emirado. Ah, também precisarei de uma gentil intérprete Português-Árabe/Árabe-Português!

Mas, como ainda não recebi semelhante proposta, acho que ficarei por aqui mesmo. Assistindo ao Brasil x Argentina, Brasil x Alemanha, Brasil x França, Brasil x Inglaterra ou Brasil versus não sei quem. Na televisão.

E, claro, acompanhando o nosso jogo-político, que estará em fase de formação da equipe-do-novo-Governo, jogo certamente complicado, seja qual for o vencedor.

Mas já estou falando do final do ano 2022, e sonhando com o nascer de 2023. Tenho ainda que me desfazer dos resíduos deste 2021, que nos deixou alguma sequela.

E tudo se o Coronavírus permitir.

É NATAL
(24/12/2021)

"Nem parece que é Natal!..." – ouvi uma elegante e bela senhora dizer à sua amiga num shopping fino desta metrópole. E ela que levava dependuradas nos braços umas cinco brilhantes sacolas de grife, abarrotadas – suponho – de presentes-de-Natal.

Passei rápido por elas e não pude ouvir o que a outra achou da observação de sua amiga. Mas vi que também levava várias sacolas igualmente coloridas.

Quantos milhares de reais, ou talvez de dólares, não estariam naquelas sacolas? E nem imagino que elas estivessem cheias de joias de ouro e pérola. Digamos que contivessem bolsas e carteiras de couro.

Sim, porque estão caros os produtos de couro na loja de onde aquelas senhoras acabavam de sair.

Conforme já dito, passei rápido por elas; não ouvi o seu diálogo sobre o Natal. Volteei o piso e me deparei na loja de onde elas haviam saído há pouco. Uma loja que leva o nome de uma montanha dos Alpes. Chamou-me a atenção uma pochete exposta na vitrine da loja-de-grife.

Chamou-me a atenção porque supunha que não mais se usava essa bolsinha na cintura. Mas pensei: deve ter voltado à moda, porque uma loja com o nome de uma montanha dos Alpes não venderia um produto em desuso; e deve ser cara aquela pochete, porque uma loja-de-grife não deve vender nada barato. E ainda mais considerando-se que "pochette" é francesa!

Era uma pochete preto-brilhante, de couro encaracolado à semelhança de tatu ou jacaré, que suponho legítimo; de tamanho avantajado, com um compartimento saliente à frente, próprio para guardar documento; atrás, uma divisória ampla, que deve ser para esconder notas de dólar ou euro; e uma generosa tala-cinto para atá-la à cintura (!): uma pochete mui útil e bonita.

Aproximei-me da vitrine e li o preço: R$ 6.200,00! Uma pochete para as mais nobres virilhas deste país!

Sim: porque, segundo o IBGE, menos de 1% dos brasileiros mais ricos tem esse rendimento mensal

Agora, suponhamos que aquelas senhoras tenham comprado uma pochete para presentear o seu namorado/marido e uma bolsa para se dar de presente: só aí terão gastando uns R$ 15.000,00 com presente-de-Natal.

E nem parece Natal...

Sim, concordo com a senhora!: Nem parece que é Natal!

Em 2020, muitos de nós estávamos em luto pela morte de alguma pessoa querida. E todos estávamos social e até familiarmente isolados, para não nos contaminarmos pelo Coronavírus. Mas a televisão ensinava-nos como comemorar o Natal sozinho, ou com os familiares com quem coabitávamos, e até mesmo com o pet de nossa estimação, preferencialmente, cachorro/a ou gato/a. Assim, mesmo na solidão da quarentena, senti que havia um forte "clima de Natal" no ano passado.

Já este ano, ouvia na televisão uma discreta propaganda de incentivo à festa-de-Natal, "com os cuidados devidos". Triplamente vacinado e de máscara, fui ao shopping, mas, conforme dito, nem parecia Natal. Certo é que vi gentes sociabilizadas; vi árvores-de-Natal e papais-noéis. Mas não senti clima de Natal. Não ouvi tocar noite-feliz, o que é essencial à atmosfera natalina. As árvores, conforme de praxe, eram sintéticas; mas neste ano os papais-noéis também eram artificiais: bonecos de gesso com movimentos mecânicos. O de mais natalino que vi foi mesmo a decepção daquela senhora com o Natal deste ano.

Não quero ser saudosista. Não vou falar do "Natal de meus tempos de criança", quando uma simples azeitona fazia do Natal a mais encantadora festa da Terra. Refiro-me aos natais quando já não era inocente, ou, ao menos, era adulto. As lojas-de-rua, os shoppings-centers, os supermercados – tudo soando Natal, cheirando a Natal; e um vai-e-vem de gentes pelas ruas, em ritmo de Natal; e presépio nas praças; e cada estabelecimento-comercial com o seu papai Noel de verdade – um clima de Natal que nem a senhora nem eu sentimos naquele shopping-center bacana.

Então, para confirmar ou contradizer essa impressão, fui ao Centro da cidade, onde vi muitos natais em anos antepassados. Andei pelas ruas direitas e tortas, conselheiros, barões e senadores; circulei praças, entrei em igrejas, fui a galerias (Prestes Maia!), mas também não vi, ouvi nem senti o Natal por lá. – Cadê o presépio que se armava aqui?...

Voltei para casa, reli mais uma vez o "Soneto de Natal" de Machado de Assis e, parodiando-o, fiz-me esta pergunta: Mudou o Natal ou mudei eu?

Não, não posso ter mudado tanto em apenas dois anos. É o Natal que está diferente este ano.

Espero que voltemos aos natais passados, mas livres e curados do Coronavírus.

CHEGOU O SEU DIA
(31/12/2021)

Dizem que, perguntado sobre como encontrar assunto para escrever uma crônica diária, Nelson Rodrigues (sempre ele!) respondeu ao curioso: Basta olhar de sua janela e ver o que passa na rua.

Mas isso pressupõe ter-se uma janela de frente para a rua, e, preferencialmente, no Rio de Janeiro, porque aí não somente se vê o que passa na rua, mas também, com alguma sorte, pode-se ver o mar e suas praias, o Pão-de-Açúcar e seu bondinho, o Corcovado e o seu Cristo-Redentor, os morros e suas favelas.

Já São Paulo, sabidamente uma cidade sem belezas naturais nem ostensivas, teve as suas colinas terraplanadas, os seus vales aterrados, os seus riachos soterrados, tudo aplainado para se construírem coisas belas (Caetano) ou não. Então, para ver algo interessante nesta cidade, o residente ou forasteiro há de vasculhar as suas ruas e praças, os seus bairros e cortiços, os seus terraços e porões, ou até mesmo o seu subterrâneo.

De sorte (?!) que um escrevinhador, olhando de sua janela, pouco estímulo terá para escrever uma crônica. E se essa janela for de um apartamento e na lateral do prédio? – Aí, de sua área-de-serviço, ele poderá ouvir um som de piano que vem da sala do vizinho; ou sendo dia de sol, poderá ver uma sombra subindo pela parede desse prédio.

Mas, se ele já falou do som de piano na sala e da sombra na parede vizinhas, o desinspirado cronista deve ir à sua sala e olhar a área-de-serviço do apartamento do outro prédio; e verá uma jovem mulher, aparentemente solitária, dependurando no varal as suas máscaras respiratórias coloridas e sensuais, o que lhe daria uma boa, bela e romântica crônica. Mas isto em tempo de pandemia, quando se usa máscara-respiratória.

De qualquer forma, para não ser invasivo, ele fecha a cortina. E nada mais vê além de si mesmo.

Resta-lhe o choro de uma criança que vem de um apartamento a uns dois andares abaixo do seu. Isto também daria uma crônica; mas ele não vai profanar o choro de uma criança.

Já vindo de um apartamento mais alto e indeterminado, ele ouve um vozerio, que parece uma reunião de amigos. Mas o desesperado não se apropriará da conversa alheia, mesmo estando ela solta aos ares.

Finalmente, de uma rua vertical, ouve-se o motor de um carro descendo em disparada; e... plá! – choca-se noutro, na esquina de sua rua. Gritos. Uma crônica à Nelson Rodrigues? – Não. Nelson Rodrigues disse que é preciso VER o que passa na rua, e o nosso pobre cronista apenas ouve.

É 31 de dezembro. O tema óbvio de uma crônica seria as festas da virada-do-ano, mas neste ano as festas estão murchas. Há também a Corrida de São Silvestre. Mas disto cuidam a televisão e a imprensa-escrita. E no último-dia nada mais há para falar sobre o ano moribundo, e tudo já se previu sobre o nascituro.

Para um cronista profissional, sempre existe o recurso de se escrever sobre a falta de assunto; é clássico. Há cronistas que o usam com frequência, explícita ou implicitamente. O recém-falecido Carlos Heitor Cony – que, se não fosse um grande escritor, já se devia gostar dele pelo fato de ele ser admirador confesso de Machado de Assis – Cony usava muito esse recurso, com bons resultados. Mas ele era cronista profissional.

O nosso cronista não é um profissional. Portanto, falta-lhe também a força do dever para escrever a qualquer custo.

O cronista Amador (este é o seu nome) poderia vasculhar as suas gavetas, revolver a sua memória, e daí extrair assunto para uma crônica. Mas hoje não é dia para isto.

Então, ele vai à geladeira, retira uma garrafa de espumante e... Bom fim de 2021 e boa entrada de 2022!

CENTER TOUR

(7/1/2022)

No final do ano de 2021 (já são tempos passados), fui ao Centro-da-Cidade à procura de sinais de Natal. Não encontrei, conforme já disse. Agora direi o que encontrei por lá: Moradores-de-rua, de calçada e de praça.

Mas eles estão em toda a cidade: nas ruas e nas calçadas, nas praças e nos parques, sob os viadutos e qualquer vão livre – da extrema periferia da zona Leste à Oeste, da Norte à Sul. E não culpemos o Coronavírus, porque isso já faz uma década.

Vou ao ponto onde tudo iniciou: Pátio do Colégio. Antes, porém, tenho que passar por uma ruela que liga a Praça da Sé ao Pátio. Dizem que é perigoso andar ali, pois o local é dominado pelos moradores-de-rua, mas cheguei ao Pátio ileso e com a minha carteira de documentos no bolso!

Piso onde José de Anchieta, Manoel da Nóbrega e Tibiriçá pisaram para fundar a Vila de Piratininga (peixe seco – Vocabulário Tupi-Guarani/Português, de Silveira Bueno).

Hoje, é um Pátio de pedra, à frente de uma igreja e um museu Anchieta. No meio, um monumento (também pétreo), em homenagem aos fundadores da cidade. A igreja e o museu estão fechados e isolados por uma fita, devido à pandemia. Não há banco para se sentar nesta praça, e no chão de cimento não o farei.

Nos fundos, há um pátio arborizado, aprazível, de onde se pode contemplar o que fora a várzea do Tamanduateí (rio de muitas voltas – Silveira Bueno). Mas ali é lugar para se estacionar veículos. Lugar de gente é praça de cimento.

Aproximo-me da fita isolante, para ler, pela centésima vez, a placa com informações sobre a fundação da vila São Paulo de Piratininga.

E eis que chega um guia-turístico com a sua bandeirinha, guiando um grupo de turistas. Sou curioso: quero saber a procedência desses turistas que, em plena véspera de Natal, vêm conhecer São Paulo, quando deveriam estar nas praias do Nordeste. E lugar de turista em São Paulo é a Av. Paulista. Mas estes estão em turismo-cultural, não de lazer.

O guia dá a sua aula de história e faz as suas gracinhas em Inglês, do que se conclui que os seus guiados são anglófonos. Mas de que país? – Não ouço dizer nem percebo ao ver.

Prossigo em meu center tour.

Vou pela Rua Direita, entro na galeria Prestes Maia e saio no vale Anhangabaú (rio dos malefícios do diabo – Silveira Bueno).

Há muito que o riacho foi transformado numa avenida, e o vale, num parque; e o parque é periodicamente reformado, reurbanizado. Todos os prefeitos querem deixar nele a sua marca, o seu nome. O mais duradouro é "Prestes Maia", o da galeria. Adhemar de Barros construiu ali o seu túnel sob a avenida, que as más línguas apelidaram de "Buraco do Ademar"; depois, remodelado na administração Erundina, passaram a chamá-lo pelo nome da prefeita. Mas hoje o seu nome oficial é Túnel Santo Papa João Paulo II.

Na última vez que eu estivera no Vale, antes da pandemia, ele tinha a marca Erundina. Mas agora o encontrei com a marca Bruno Covas.

E gostei!

É uma imensa laje de pedra/concreto, tão ampla que ali eu me senti uma formiga, ou um pombo, andado na praça. Mas um concreto acolhedor em sua imensidão, que faz bem ao espírito e favorece a contemplação (incrível!).

Tão acolhedor que eu me desliguei da cidade e cismei que caminhava no fundo de um vale, com mata atlântica em suas ribanceiras. Subindo do riacho, ouvia o marulhar das águas contornando pedras e troncos de árvores; descendo da mata, ouvia o cantar de pássaros e o gorgulhar de besouros.

Assim sonhando, atravessei séculos e vi derrubarem a mata e transformarem o vale em roça de erva para chá; e fez-se cidade de um lado e doutro do vale; e construiu-se um viaduto, o Viaduto do Chá, para se atravessar o vale e ir de uma parte à outra da cidade.

E o Vale foi urbanizado; e então começaram as reurbanizações, as reformas do Vale do Anhangabaú. Criou-se nele "espaço" para show e ato político. O das Diretas-Já! Estive presente.

Quando dei conta de mim, estava no ponto onde o Vale cruza com a Av. São João e se confunde com ela. Olhei à esquerda e vi um imponente prédio, dos Correios. Caminhei um pouco mais e me deparei numa estrutura arquitetônico-escultórica, onde skatistas, hippies, imigrantes africanos pareciam conviver numa boa. Ali estavam também moradores-de-rua e prováveis habitantes da Cracolândia, que eles estão em toda a cidade. Um destes pediu-me "um dinheiro" para comprar um sanduíche (?).

Contornei o Vale, atravessei novamente o que seria uma esquina com a Av. São João e avistei o antigo Conservatório Musical, onde Mário de Andrade estudou e ensinou. Entrei por um vão e me acordei na Praça das Artes.

...

Estou muito longe de ser um entendido em urbanismo; ignoro a gramática da Arquitetura. Mas, como andarilho desta cidade, acho que esse complexo Vale do Anhangabaú – Avenida São João – Praça das Artes é a coisa mais bela e interessante que se fez nos últimos anos nesta cidade de Piratininga.

AMOR ANIMAL

(28/1/2022)

Se eu fosse um desses teóricos que classificam os fenômenos físicos e espirituais, deste mundo e do além, eu classificaria o Amor em: divino, sublime, humano e erótico. Não incluiria o "amor proverbial", porque, sendo metafórico, não é propriamente amor, mas uma extrapolação dele. Assim é que se diz "amar" um vestido ou uma camisa, feijoada ou macarronada, whisky ou cachaça. Isso não é amar: é um modo de dizer "gostar".

Vamos, então, aos amores:

Divino – a um Deus, obviamente.

Sublime – é o amor que transcende o físico, eleva-se ao espírito, mas não chega ao divino. Aqui estariam o denominado "amor platônico" (a uma pessoa, mas sem interesse ou esperança em possuí-la), o amor à Sabedoria, ao Belo, ao Bem, etc.

Humano – é o comum dos amores: amor à humanidade...

Erótico – é o amor humano e com desejo sexual (Freud explica-o).

Mas hoje nasce uma nova espécie de amor: o amor animal.

Melhor pensando, reformulo o que acabei de dizer. O amor animal não é uma nova espécie de amor, mas uma ampliação do amor humano, de forma a incluir os animais no universo da humanidade.

Seja um novo amor ou uma ampliação do "amor humano", os animais nunca foram tão amados pelos humanos. É um fenômeno novo, que exige estudo. Se eu fosse um filósofo, escreveria um ensaio filosófico sobre este fenômeno. Platão tratou do amor sublime; eu falaria do amor animal...

Ou é o meu universo humano que não evoluiu?

Pois, confesso, não tenho um pet a quem amar.

Acho que todos os moradores de minha rua, os vizinhos de meu bairro, os habitantes de minha cidade, os meus compatriotas, talvez todos os meus semelhantes-humanos têm ao menos um pet, e o amam. Eu, não.

Vejo-os passeando pelas ruas com os seus caninos, pequeninos ou grandalhões, mas sempre traquinas como uma criança. São bem cuidados e educados, saudáveis e belos em suas diversidades de raças e cor. Alguns estão vestidos; todos têm algum adereço de enfeite.

Às vezes, deparo-me com uma matilha (de cachorros/as, obviamente), obstruindo a calçada. Mas eles nada de mal fazem a um humano, porque estão sob as ordens de um adestrador – ou cuidador, ou educador ou babá? – de caninos.

Não sei se nos amam (que são nossos amigos, isto é sabido), mas os cachorros são muito amados por nós, atualmente.

Digo-o não por mim, mas pela humanidade, da qual ainda sou um espécime. E se hoje há um ser-humano que não ama cachorro, é porque também haverá algum seu semelhante que ele julga não merecer ser amado.

Um dia desses, vi uma senhora jovem e bela declarando, em público, que amava o seu cachorro, e ao extremo, porque na intensidade do amor a um filho. Eis a sua declaração, in verbis: "A mamãe te ama, filhinho!".

Mas a declaração não surgiu do nada. Foi neste contexto: O seu "filhinho" era tinhoso e não queria andar; aí passaram por um poste, e ele fez que queria encostar-se no poste. Ao que ela percebeu imediatamente a necessidade fisiológica do "filhinho", e parou, e acocorou-se na calçada, e disse a seu animal: "A mamãe te ama, filhinho!" – enquanto fazia carinho em seu dorso, e ele se aliviava no poste.

Então, julgando estar completo o serviço dele, ela deu sinal de partida. Mas ele insistiu, e de forma tensa, em continuar encostado no poste. A "mamãe" compreendeu que o "filhinho" queria fazer o "número dois". Foi ela que o disse, e se desculpando por ter demorado a percebê-lo: "Desculpa: a mamãe não tinha percebido que você queria fazer o número dois!" – repetindo a declaração de amor: "Mamãe te ama, filhinho!".

Um filhinho humano não exigiria tanto!

E não era propriamente um desses cachorrinhos que parecem de brinquedo. Era um cachorro de porte médio, e talvez já maduro.

Tendo ele completado os seus serviços, ela lhe falou, imperativa qual u'a mãe que ama o filho e se presa: "Agora vamos, que a mamãe tem mais o que fazer. Já passeamos bastante...". Deu um puxãozinho no cordão, e se foram.

Não vi para onde foram, porque eu dobrei a esquina e voltei para casa. Chegando a meu isolamento, pus-me a refletir: Terá caminhado a humanidade ao tempo da pandemia, enquanto eu permaneci aqui?...

Forcei a memória, retroagi a um tempo remoto, pré-Coronavírus, e lembrei-me de que, naquele tempo, já se amava animal. Talvez, o distanciamento entre os humanos e consequente convivência com os amigos cachorros tenha somente intensificado o "nosso" amor a eles.

DA GUERRA AO VÍRUS AO VÍRUS DA GUERRA
(4/3/2022)

Quem de nossa geração (porque todos que aqui estamos teremos nascido depois de 1918), quem de nós previu que viveria para sofrer uma pandemia mundial e assistir a uma guerra com ecos globais (ainda não é "mundial")?!

Pois não é que, cem anos depois de nossos pais/avós/bisavós sofrerem a Gripe Espanhola (1918-1920), somos atacados pelo Coronavírus (Covid-19-...). E agora, completado um século que eles comemoraram o fim da I Guerra Mundial (1914-1918), é deflagrada uma guerra que não sabemos quando e onde vai parar...

Talvez a Astrologia explique essa coincidência combinatória de fatos e números; mas não sei se algum/a astrólogo/a previu essas desgraças.

E os cientistas microbiologistas-vilorogistas-epidemiologistas-infectologistas-sanitaristas que há pouco falavam da pandemia retiram-se da tela da televisão, e nela surgem os cientistas políticos-sociais-historicistas-economistas para analisar a guerra.

Aprendi um pouco sobre a pandemia; agora tento compreender sobre a guerra. Mas, se a origem do vírus é incerta e as suas mutações imprevisíveis, as causas da guerra são mais complexas e os seus desdobramentos, incalculáveis. E a ciência política é menos exata que a biológica; as conclusões políticas são mais controversas que os experimentos laboratoriais.

Semana passada, confuso com as análises políticas que via na televisão, fui assistir (também pela tv) à reunião do Conselho de Segurança da ONU, pensando que ali veria a fonte dos fatos, o material de análise. Engano! – Eram representantes-diplomáticos encenando o que acontecia nos bastidores.

Paz! – o que mais se ouvia. Todos diziam que eram e sempre foram, e agiam e agiriam pela paz. E, no entanto, a guerra... Por óbvio, os maiores defensores da paz eram os que mais guerreiam: Guerra pela paz...

Lembrei-me de Guerra e Paz do russo Tolstói, que, por sinal, reli em meu isolamento pandêmico, não prevendo (pois não sou astrólogo) que, ainda meio isolado, assistiria a uma guerra. Prefiro Crime e Castigo do igualmente russo Dostoiévski.

Mas volto ao Conselho de Segurança da ONU.

E vejo o representante da Rússia e a dos Estados Unidos disputando o "Nobel da Paz" para os seus Chefes, e acusando os Chefes recíprocos de fazerem a guerra; entre os dois, o representante da Ucrânia, agredido pelo russo e aliciado pela norte-americana. E também vejo os representantes da França e da Inglaterra, irmanados entre si e à dos Estados Unidos, em defesa da Ucrânia e da paz. Sim, todos foram desde sempre e para sempre serão defensores da paz...

Mas, não sei por que, a França e a Inglaterra, os Estados Unidos e a Rússia fazem-me lembrar de guerra – Guerra quente e Guerra-Fria.

Volto novamente ao Conselho de Segurança da ONU. E lembro-me daquelas assembleias estudantis do século passado: uma encenação, um ritual para comunicar ao público uma decisão já tomada. Não faltou sequer, ao fim dos discursos, as mãos erguidas em voto ao que fora decidido nos bastidores.

Muito interessante: a reunião, solicitada pelos Estados Unidos e aliados, seria para condenar a Rússia pela invasão da Ucrânia. E foi convocada e presidida pela Rússia, que votou contra a sua condenação... Mas a comédia não para aí: O voto da Rússia, único a seu favor, prevaleceu sobre todos os demais.

Sim, porque a Rússia tem o denominado "poder de veto".

Mas não apenas a Rússia. Também os Estados Unidos, a França, o Reino Unido e a China detêm "poder de veto". Parece estranho a China ser membro desse clube, que, à luz da História passada, pertenceria somente à Inglaterra e França, e da História presente, aos Estados Unidos e à Rússia. Mas o fundamento desse direito é que os cinco foram os primeiros a fabricar e mostrar ao mundo uma bomba atômica.

Isso, minha gente, é o que se chama de Direito Internacional Público, tão difícil de ser explicado, e mais ainda de ser compreendido. É assim que funciona o seriíssimo Conselho de Segurança da ONU. E é na mão dos Chefes desses cinco Estados que está a segurança mundial.

O que significa que esses países (seus Chefes) podem cometer qualquer crime-contra-a-humanidade, e é absolutamente impossível que eles sofram qualquer punição por aquele "tribunal", pois não se pode esperar que um criminoso condene a si próprio.

E é tão artificiosa a cena daquele Conselho que os personagens se dão o direito de encenar ao público uma briga de palavras: maldizem do país alheio e xingam os recíprocos Chefes (de Estado). Mas sabe-se que, no dia seguinte, estarão negociando o nosso futuro.

Porém, se aqueles cinco países são os donos da segurança mundial, dois dentre eles são os atuais donos da Guerra: Estados Unidos e Rússia. Aos demais resta ser a favor ou contra a guerra de um ou do outro. – Abster-se entre a guerra e a paz?...

Os Estados Unidos, vitoriosos desde sempre, têm a seu lado uma União Europeia e inúmeros países espalhados pelas Américas, África e Oriente Médio. A Rússia, ao perder a Guerra-Fria, reduziu-se praticamente a si. Agora, saudosa de um império czarista que ela mesma jogou ao lixo da História em 1917, deflagra uma guerra-quente para "conquistar" a Ucrânia.

Já a China... Bem, a China se absteve de votar. A China se omite entre a guerra e a paz?

Entre a guerra e a paz eu vejo um mundo... – A China deve ter lá as suas razões.

Assim é a política internacional. Como analisá-la? Deixo a tarefa aos especialistas.

Vou ler A Hora da Estrela de nossa ucraniana-brasileira Clarisse Lispector. Ou A Paixão Segundo G.H?

VIVA O OUTONO!

(25/3/2022)

Em meu calendário-perceptivo, as estações do tempo são quatro: de chuva e de sol, de frio e de calor. Por vezes, o sol e a chuva alternam-se num único dia, e até mesmo se misturam, produzindo um vaporzinho; e o frio e o calor frequentemente se fundem numa única temperatura, que resulta temperada. Ou seja: em meu calendário-perceptivo-tropical, primavera-verão-outono-inverno é coisa teórica, literária, metafórica, poética.

Primavera-verão-outono-inverno não é clima físico; é clima-de--espírito. Cada um com o seu simbolismo: Verão – alegria, lazer, aventura, exuberância, passeio vadio, alguma rebeldia. Outono – declínio, decadência, indiferença, ceticismo, tristeza; mas uma tristeza que não dói, e sim, adormece; é sorumbática e insípida. Inverno – recolhimento, aconchego, introspecção, reflexão; às vezes dói, mas é uma dor que pode ser prazerosa, porque romântica. Primavera! Primavera – tudo de bom!

Mas eu nunca soube onde começa e onde termina uma estação-do--ano, para ceder espaço a outra. Sei muitas coisas teóricas aprendidas em meu estudo primário, exemplo: em 22 de abril de 1.500, Pedro Álvares Cabral descobriu o Brasil. Mas não sei as datas das estações. Não devem ter-me ensinado, pois o que decorrei naquele tempo jamais esqueci. Creio que a professora Dona-Alice, em seu calendário-perceptivo-tropical-rural, também só sentia frio e calor, chuva e sol.

Talvez por isto, jamais vi uma primavera com os olhos (o que vejo são flores), ou senti um verão na pele (ainda que sinta calor), ou percebi um outono na vida (mesmo em dias tristes), ou sofri um inverno n'alma (que, por vezes, se esfria). Repito: esse calendário primavera-verão-outono-inverno é coisa teórica, literária, metafórica, poética.

Certo é que já ouvi a anunciação da primavera, do verão e do inverno, e até mesmo a celebração-da-primavera. Mas nunca tinha ouvido anunciarem a chegada do outono: ele se nos impõe silenciosamente.

Do que se viu acima, conclui-se que não é o inverno, mas é o outono a indesejada das estações. Daí porque não é anunciado, e jamais celebrado.

Assim era!

Pois, no domingo passado, ouvi anunciarem a chegada do outono; e fiquei sabendo que o outono começa no dia 20 de março.

E, ao abrir-se a porta do tempo para o outono entrar, fez-se sol, as nuvens se afastaram, o céu azulou-se. E ele entrou no palco; e ele nos surpreende com cenas de alegria...

Em São Paulo – onde o ar atmosférico, a temperatura do tempo e a luminosidade do sol raramente se convergem num ponto satisfatório –, neste ano, com a chegada do outono, tivemos uns dos mais lindos dias, uma das mais agradáveis temperaturas e uma pureza de ar que raramente respiramos. Vocês que moram aqui ou por aqui passaram nesta semana, vocês perceberam essa mudança do tempo?! Eu percebi, e a atribuo à chegada do outono. O tempo anda mesmo mudado...

Até o Coronavívus/Ômicron, que nos atacou em plena primavera–verão, e estava no auge de sua ofensiva, com a aproximação do outono, o peste foi-se retirando; e, ao que parece, ao fim do outono, ele estará vencido; e então poderemos "curtir" um inverno saudável, justamente a estação em que, de regra, esse inimigo é mais ofensivo.

Assim, afastando-se o inimigo, já podemos pensar em retirar a máscara do rosto, o que é circunstância de liberdade, condição de beijos e motivo de alegria.

Resta a guerra Rússia x Ucrânia; ela se escapa do poder de nosso outono. E lá é o inverno que vai se afastando para a entrada da primavera. Torçamos pela primavera Ucraniana!

E viva o outono brasileiro!

MAIS UMA DOSE
(22/4/2022)

O Coronavírus não é mais assunto, e já não mais se mostra a agulha injetando em nosso braço veneno ao inimigo. Pois então digo apenas: Apliquei-lhe mais uma dose, a quarta. Ou, como se diz: tomei a quarta dose.

Antes que me perguntem por que somente agora, respondo: Porque fui atacado pelo vírus da gripe. Exatamente no dia que planejei para me vacinar contra o Coronavírus, fui pego pelo Influenza.

Este nosso mundo é deveras infectante. Tanto que, logo ao nascermos, é preciso que nos vacinem contra os vírus e as bactérias a que somos lançados.

E aí começa um calendário de vacinação, que só os pais de criança e os pediatras sabem.

É vacina contra tuberculose, hepatite, pneumonia, meningite, difteria, febre amarela, caxumba, poliomielite (a maldita paralisia infantil), tétano, dengue, coqueluche, sarampo, catapora, gripe, et caterva. E muitos de nós somos do tempo da varíola, que hoje, dizem, está erradicada.

Sem falar nos vermes, uma praga, de que falou Monteiro Lobato.

Agora surge o Coronavírus (com letra maiúscula!). E chegou com tanta virulência (não é pleonasmo, não!) que, em dois anos, já precisei aplicar-lhe quatro doses!

Tantas são as vacinas que precisamos tomar, que, para economia de tempo, de seringa e de dor, por vezes, aplicam-nos, numa só agulhada, duas, três, quatro, até cinco vacinas.

E muitas delas têm a sua validade vencida ou decaída a sua eficácia em um ano. Dizem ser provável que, doravante, a vacinacorona entre em nosso calendário anual.

Aproveitei a oportunidade da quarta-dose contra o Coronavírus e tomei a undécima dose contra o Influenza. Uma em cada braço.

Mas, ao chegar em casa, vendo as minhas muitas cadernetas vacinais, constatei que o prazo (dez anos) de validade da vacina contra o tétano está próximo de vencer. Tenho andado por terrenos infestados, e me estrepado e arranhado. Dizem que é assim que a Clostridium Tetani (ela é bactéria) aproveita para adentrar o nosso corpo. Devo prevenir-me contra mais esta.

Um dos primeiros microanimais a nos atacar terá sido o Orthopoxvírus, aquele que causa a muito maligna varíola. Dizimou populações na Grécia, em Roma, na China, na Índia e no Egito – antigos; derrubou faraós, reis, imperadores... E matou Beethoven!

Em todas as "civilizações", desde sempre, os humanos lutamos contra os vírus e as bactérias. De início, éramos sempre derrotados.

Só em 1798 descobrimos (mais precisamente: Edward Jenner descobriu) uma arma-eficaz, chamada vacina, contra um vírus; precisamente, o Orthopoxvírus. Vê-se, pois, que é muito mais fácil fabricar uma arma mortífera contra um humano que contra um vírus. No ano 2010 de nossa era, o Orthopoxvírus foi tido por definitivamente derrotado/erradicado da Terra. Consta que, no Brasil, fez a sua última vítima em 1971. Eu fui contemporâneo do Orthopoxvírus. Não me orgulho disso: vi semelhantes, principalmente crianças, sendo mortos, com a pele em bolhas, pelo maldito inimigo invisível.

Ouço dizer que, doravante, com o desmatamento e consequente ingresso de animais silvestres em nosso ambiente, seremos atacados por outros vírus. Sem falar na alteração climática, que pode criar ambiente propício a novos vírus.

Mas não tenho dúvida de que, a cada novo vírus maléfico, nova vacina contra ele será criada por nossos cientistas. E a cada nova vacina...

Chegará o dia em que a vacina será essencial à própria vida humana. E então nesse dia diremos (?) às crianças que, lá pelo início do século XXI da Era Cristã, ainda havia gente que se recusava a tomar vacina, com medo de se transformar em jacaré. E sobrevivia!

Mas, otimistamente, imagino um futuro em que teremos um corpo à prova de vírus, bactérias e todos os micro-organismos que hoje nos infectam e matam, e dos muitos outros que surgirão.

E sigo imaginando: tão imunizado estará o nosso corpo, que ele será como que embalsamado em vida. Uma vez morto, transformar-se-á em múmia!

Mas ninguém deixará de se vacinar por medo de se transformar em múmia, porque isso será realidade, e o ser-humano só tem medo de ficção. E não seremos múmias de corpo e feições deformadas, assombrosas, como são as faraônicas: seremos múmias bonitas ou feias, mas à imagem do que éramos em vida.

O que fazer com tanta múmia? – Esta será a questão.

Então, prossigo em minha futurologia.

Decidiremos, em vida, se o nosso corpo será cremado, reciclado ou levado para o "museu de imagens da humanidade".

E, porque já não mais acredito num mundo justo-e-igualitário (aqui o meu otimismo arrefece), prevejo que no "museu de imagens da humanidade" haverá somente múmias de bilionários e celebridades em vida. Porque não haverá espaço para todos, e será muito caro um espaço no Museu da Eternidade Humana.

...

Estava pensando nisso enquanto a enfermeira do SUS injetava em meus braços as doses de vacinas. E nem senti a fisgada. Bendito SUS!

pólen bold 90 gr/m2
tipologia adobe garamond pro
impresso na primavera de 2022